CB058312

Gurka

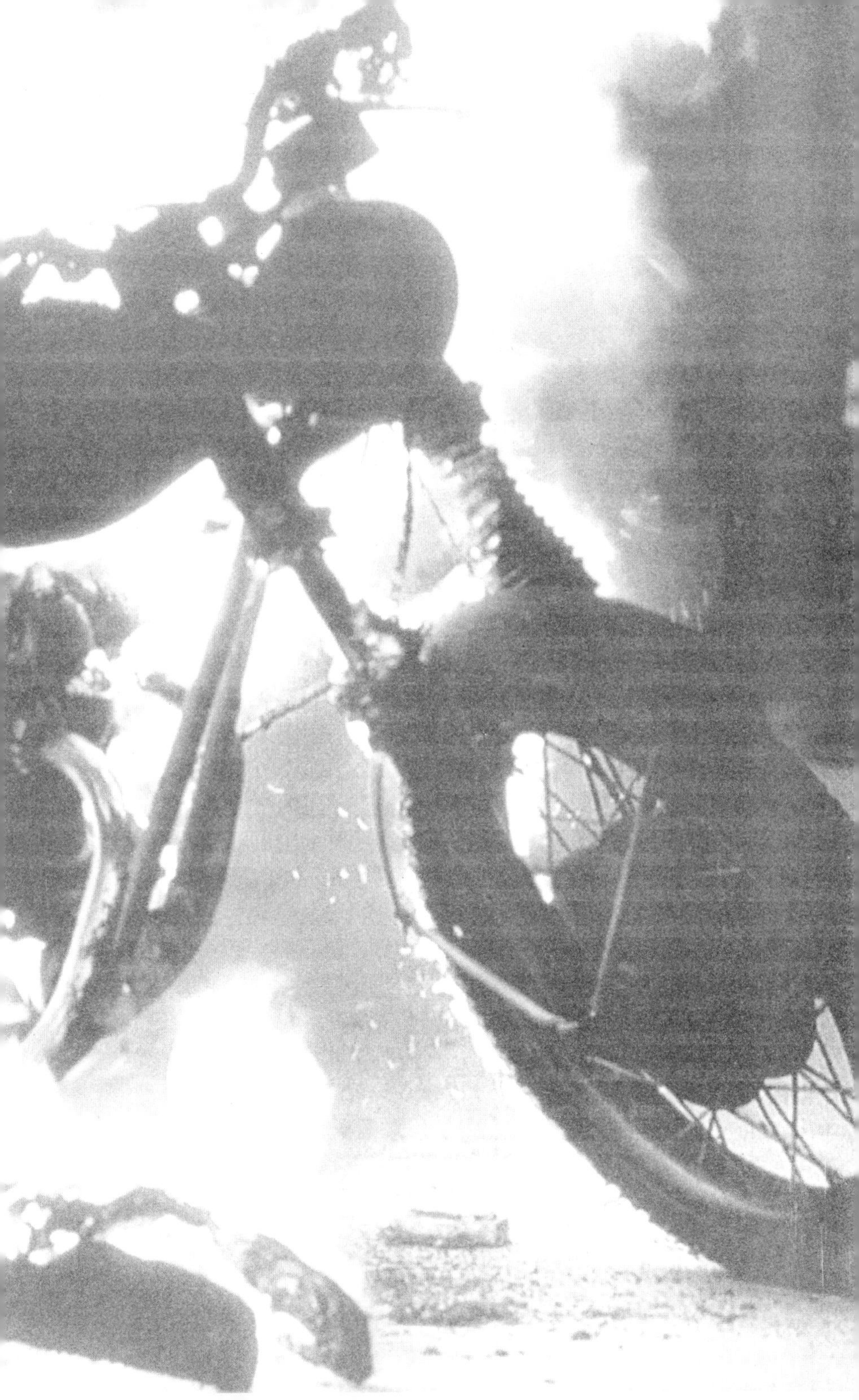

MARCIA KUPSTAS

Gurka

RETRATO DE UM JOVEM ASSASSINO

Rocco
Rio de Janeiro – 2002

Copyright © 2002 by Marcia Kupstas

Direitos desta edição reservados à
EDITORA ROCCO LTDA.
Rua Rodrigo Silva, 26 – 4º andar
20011-040 – Rio de Janeiro, RJ
Tel.: 2507-2000 – Fax: 2507-2244
e-mail: rocco@rocco.com.br
www.rocco.com.br
Printed in Brazil/Impresso no Brasil

preparação de originais
AMANDA ORLANDO

CIP-Brasil. Catalogação-na-fonte.
Sindicato Nacional dos Editores de Livros, RJ.

K98g	Kupstas, Marcia, 1957– Gurka: retrato de um jovem assassino / Marcia Kupstas. – Rio de Janeiro: Rocco, 2002. ISBN: 85-325-1443-X 1. Ficção brasileira. I. Título.
02-1133	CDD – 869.93 CDU – 869.0(81)-3

Eu não sou desse mundo. Não sei o que tô fazendo nessa terra de veado e mulher-macho. Nessa vidinha de merda e deixando todo mundo cagar na minha cabeça. Mas agora isso acabou: acabou mesmo. Não sou filho-da-puta, mas sou burro. Melhor: fui burro. E nunca mais vou ser o grandão bobo na vida. Nunca mais. Eu agora sou Gurka. Eu agora sou o terrível, o temido Gurka. Nunca mais vão me chamar de Alberto, nome de veado. Eu matei Alberto à porrada.

A lousa tava lá, cheia de desenho de gente por dentro. Era o útero, redondinho. O rabinho do espermatozóide chegando lá, eu sentindo o tesão dele penetrar. Mas na lousa eu tava vendo mesmo era a fessora de Biologia: era como se ela tivesse aberto as pernas e se colado na lousa, e na xoxota tesuda dela eu ia entrando e enxergando até o útero, mais fundo, como se o meu pau duro fosse direitinho se metendo nas coxas daquela magrela gostosa.

– Alberto, por acaso o "senhor" não é o número cinco?

O veado do professor Fredy. Só veado pra dar aula de inglês. Todo mundo de olho em mim.

– Por acaso o "senhor" pode colocar esta frase no tempo passado?

Senhor o teu cu. Pra dizer a verdade, nem tinha reparado nele ditando a lição. Eu tinha pregado o olho na lousa e as biologias da vida me levaram longe; que veado de inglês, que nada.

O sovaco ardendo. Todo mundo me olhando.

– O *Big Mad* tá em outro mundo, professor...

Todo mundo riu.

A cu-de-ferro da Renata repetia a piada:
– *Big Mad!* Grandão Bobo!...
Calor no rosto, no sovaco. Repetiam *big mad* mais alto. A gorda da vaca olhando pra trás, pra mim, eu vermelho e puto. O professor riu alto, uma tremedeira assim nos meus pés. Levantei de vez, fui pra frente dela.
– Vaca gorda, não te mete na minha vida!
E me fodi. Saí batendo a porta e me fodi. Diretoria, suspensão. E ainda pedir desculpas pra vaquinha gorda da Renata. Primeira aluna da classe. Revirando aquele bundão todo pra entregar a prova e receber dez. Piranha, me paga.

Paga mesmo. Hoje, já.
O velho chegando às dez. A mãe na novela da Globo. A empregada esquentando a janta.
– Pai, preciso falar com o senhor.
– Fale.
– Aqui não. Lá no escritório.
Biblioteca, mas o cacete. Ele nunca lê nada, só chama de biblioteca pra impressionar os amigos. Porta fechada.
– Tô pensando em contar pra mãe da Roberta. Que é que o senhor acha?
Nem preparei nem nada. Ele de uma cor cinza, envelheceu pra cacete num minutinho.
– Que Roberta? Você...
– Tô sabendo, pai. Não enrola. – Sentei, acendi um cigarro no isqueiro de mesa dele. O velho de rabo de olho querendo que eu desembuche. Me paga, puto. Hoje sim, me paga.
"Conto ou não pra mãe?", baforada quase na cara dele.

Se finge de tranqüilo, só olha. Desvia os olhos, mas tá estalando os dedos.
– Isso quem sabe é você... Mas filho, tem coisas que um homem... Bem, um dia você...
– Ih, velho. Corta o papo de moral.
E me diverti com o jeito dele. *Velho*. De senhor pra chamar ele de velho em um minutinho. Ri por dentro, continuei:
– Tô me lixando de saber com quem é a tua transa. A mãe é uma coitada e se não for Roberta é Margarida e tudo bem. – Traguei bem fundo, segurando a ponta nos dedos, como se fosse um pacau. Massacrei a bituca no cinzeiro de cristal. – Já sacou a minha?
– Fale.
– Não conto nada. Segredinho entre a gente. Mas se um coroa tem suas transas, como é que eu fico? Pô, dezoito anos... Eu também quero minha colher de chá. Sacou? Só escola e grana pra merenda é coisa de pivete. Quero grana pra curtir uma roupa legal, uma moto. Coisa que um cara da minha idade tem de curtir... As menininhas, sacou?

Sacou. Honda 400, azul metálica, pra começar. Ano que vem, uma 1000. A velha, coitada.
– Que loucura, Alberto. Você sempre foi contra, e agora...
E o sacana defendendo, olha só.
– O menino precisa sair mais, coisas da idade...
O que o medo não faz, minha gente. O que o medo não faz.
No primeiro dia em que fui com a moto, uma loucura. Tirei o capacete, botei corrente na roda, dei uma nota pro porteiro da escola olhar, larguei como quem não quer nada o capacete ao

lado da minha carteira, estiquei as botas na carteira da frente, que era da cu-de-ferro da vaquinha.

– Aniversário?

– Ganhou na Loto, meu?

– Roubou de quem?

Acendi o cigarro lá mesmo na classe, um babaca ainda deu o aviso: "olha o bedel". Que se foda. A gordinha chegou, olhando feio os pés na carteira dela.

– Tá de moto, é?

– Isso aí, menina. Quer dar uma volta?

A gordinha ficou vermelha. Olho brilhando. Vi a Claudinha-morena-gostosa ficar puta, mas se acalme, benzinho, tem pra todas. Primeiro o dever, depois o prazer.

– Eu nunca andei de moto... é perigoso?

– Tenta, boneca. Te levo pra casa na saída... Ok?

Nem prestou atenção na aula, ficava de risadinha pra mim no intervalo.

Ajeita bunda daqui, dali, sentou na traseira. Os cadernos, sentou em cima. Vai esmagar a lição, vaquinha.

Arranquei com tudo. Ela grudada nas minhas costas.

– Calma, Alberto!

– Relaxa, não tá legal?

Fiz a curva entortado, pondo a bota no chão – faísca no asfalto. Acelerei.

– Ai, Alberto.

– Agarra aí e cala a boca.

O vento chacoalhava o cabelo dela. De dentro do meu capacete eu via tudo azulado, mas a vingança faz é ver verme-

lho, pegando fogo na minha cabeça – tum-tum, tum-tum –, tu me paga, menina.
– Minha casa fica pra cá! – me arrebentou nas orelhas.
Não respondi mais. Ia desviando pelas ruas menores, fugia do trânsito. Parei atrás da construção, aquela que abandonaram. Dei uma acelerada final, grito louco, longo. Ela gemeu num relaxo.
– Mas que loucura, Alberto.
Dei um daqueles beijos de apertar as bochechas, esmagando nos dedos. Os olhos dela arregalados, porquinha gorda, me paga. Enfiei a língua e fui cavando, ela tentou fechar a boca, apertei tanto as bochechas que minha língua dentro da boca sentia a pressão dos dedos do lado de fora.
Soltei de vez.
– Nossa, eu.
– Vem cá.
Peguei a mão dela e fui carregando pra construção. Tinha um quartinho nos fundos que tava jóia.
Empurrei ela pra dentro.
– Abaixa as calças.
– Alberto! O que é isso, por favor, eu...
Foi se agarrando em mim que nem cena de novela. Dei um empurrão e ela escorregou na merda de um cachorro, quase sentou em cima.
– ALBERTO!
Grita, sua bosta. Aqui não tem ninguém. Repeti:
– Abaixa as calças. Melhor você andar, senão eu te rasgo a roupa.
– Nunca! Você deve estar...

Puxei o zíper do macacão dela, que abriu até os pentelhos. A barriga redonda escapou fora do pano. Tentou tapar os seios. Segurei os braços com uma mão, com a outra fui derrubando as alças do jeans. Ela tentava empurrar meu braço com a outra mão. Dei uma virada no pulso, ela gemeu.

– Cala a boca!

Consegui descer o jeans até os joelhos. Apareceu uma calcinha de renda azul, fui metendo os dedos pelo rendado, que foi arrebentando.

– Pára, eu...

De repente, virei ela de costas. Segurei as duas mãos dela com uma só, e desci os restos da calcinha. Abri meu zíper, botei o pau pra fora. Se tava duro só de pensar naquilo, imagine fazendo. Fiz ela ficar de quatro. Acho que ela chorava, sei lá. O barulho – tum-tum – na minha cabeça, um latejo bom e tesudo igual no pinto. Abaixei mais a gordinha. Meti de uma vez o dedo no seu cu, ela gritou. Foda-se. É só o dedo, por enquanto. Dei uma cuspida na mão, lubrifiquei meu pau com a saliva, pontaria, um, dois...

Enfiei de vez. Comer teu cu, vaquinha. Ela berrou, levantou o corpo, o pinto saiu fora. Caralho! Abaixei de novo as costas dela, agora na porrada, e meti de novo, me ajeitando bem. Ela gemia, gemia. Primeiro só fiquei lá, paradão, sentindo meu pau naquele cu apertadinho – cu-de-ferro... – e comecei o vai-e-vem. Ela ainda dava umas gemidinhas, mas meti o dedo na xoxota e tava molhadinha, sua vaca, eu sei qual é a tua... e fui, fui, que bom, que bom, que bom...

Me derramei todo naquela bunda. Ela já tinha calado a boca. Esperei até o pau ir amolecendo e saindo sozinho. Puxei a cueca ainda com a porra pingando. Larguei ela no canto da parede. Se levantou devagar, devagar mesmo. Ficou de costas, foi erguendo a calça.

— Só não tirei o cabaço porque não gosto de xoxota gorda. Mas cu de porco é bom, sempre fui chegado num lombinho, neném... e se abrir a boca, cu-de-ferro, te arrebento. Sacou? Como teu cu com cassetete e não cacete. E nunca mais dê risada da minha cara. Melhor: nunca mais olhe pra minha cara.

Esfreguei as botas na areia e saí. Arranquei da moto os cadernos da gordinha e joguei no chão, pisei em cima.

Foi a primeira vez que eu virei Gurka.

Biologia em aulas práticas, sacou?

Vera tesuda tirando dúvidas na sala de plantão. Blusão negro de couro, óculos escuros e capacete debaixo do braço, lá vou eu pra esquerda de sua mesinha.

Puta olho espantado. Fico quieto ali, enquanto ela explica uma droga prum moleque magrelo. Ele sai, eu vou atrás, fecho a porta. Viro a chave.

— Bem, Alberto, parece que até que enfim você tem dúvidas... mas pra que tanto mistério?

Fingindo atenção professoral. Tesuda. O cabelo enroladinho por cima dos óculos. Fico quieto, vou até a mesa. Tiro os óculos dela.

— O que é que houve? Alberto...

Os óculos dela de lado. Tiro os meus óculos escuros. Ela sem jeito, sento em cima da mesa. Amassa uns cadernos. Ela tenta arrumar. Seguro na mão dela.

— Eu tenho umas dúvidas, sim. Quando você desenha todos aqueles óvulos e úteros e espermatozóides eu fico com tesão, sabia? Fico enxergando tudo aquilo na sua bocetinha gostosa, sacou? Catei o rosto dela, tasquei um beijo daqueles em que a língua vai, vai, até os dentes fazem rangido, os meus, os dela. Fui ficando de joelhos na mesa. Ela levantou o corpo, eu de joelhos com o pau latejando pertinho das tetas dela, quase que o tum-tum do coração e o tum-tum do meu pau se encaixavam, as línguas se ajeitando, ela nem teve tempo de pensar nada; e se pensou, gostou. Larguei o rosto e fui direto pra blusa dela, arranquei botão, arranquei saia e fui esfregando os dedos naquelas tetas lindas, bicos durinhos, apertava exatinho nos bicos, apertava e rolava aquela carninha dura entre as unhas, até doer, e ela continuava esfregando a língua na minha, dente rilhando de arrepiar. Aí ela descolou a boca e abaixou meu jeans, eu de cueca e ela apertando meu pau, de olho grudado e as unhonas vermelhas grudadas no meu pau, pulsando debaixo da Zorba, doido, maluco pra meter naquela tesuda.

Aí olha que eu nem lembro. Nem lembro se ela é que pulou no meu pescoço ou eu é que lasquei os dentes nas tetas, marca vermelha bem redonda, sugando até estralar a boca. Seios pequenininhos, cabiam quase inteiros na minha boca, e arreganhei as pernas dela, o pentelho arrumadinho, penteado pro palhação aqui entrar no circo. As provas, cadernos, diários de classe, tudo amarrotado embaixo da sua bunda, eu arreganhando ao máximo as suas coxas, enfiando o dedo, enfiando até ela jogar a cabeça pra trás e ficar só fazendo ai, ai... depois meti a língua em tudo, bem dentro, no grelo tão durinho como o bico do seio, dei uma chupada nele e ele estalou também. E fui de cacete inteiro nela. De vez. Ela jogou a cabeça tão pra trás que quase caiu. E gozei bem, espalhando esperma por fora, por dentro, melecando todas as provas bimestrais de tanto cu-de-ferro babaca.

Agora algum deles estava dando pancadinhas na porta e pigarreando como quem quer entrar.

– Espera aí!

Virei pra Verinha gostosona. Ela só fechou as pernas e continuou sentada na mesa. Eu puxei minha calça. Abri só um teco da porta.

– Ô cara, a Vera tá ocupada. Tô de recuperação e ela me prometeu tirar o atraso da matéria. Volta depois e num enche. Se aparecer aqui de novo eu te cato de pau, falou?

E voltamos pra recuperação.

Aprendi a usar o mutchaco. Quase quebrei o pulso, mas fui melhorando. Agora já dá até pra dar aquelas voltinhas que o Bruce Lee fazia tão bem. Vou com ele na cintura. O soco inglês virou anel. Não tiro da mão direita. Estou casado, neném. Ou é noivo, mão direita? Casei bem, feliz com o matrimônio.

– Parece veado.

Eu ouvi. Virei feio. Era um japa até grandão, num é japa, é cara de coreano, bicho grande, metro e oitenta.

– Veado é japonês, que nem pentelho tem. Parece mulher rapada.

Ele é dos lisinhos, quase sem pêlo. Encrespou pra briga. Tem de ter cuidado. O filho-da-puta sabe judô. Se ajeita na pose.

– Acaba com a tua valentia, *punk* veado.

Não sei: a maior ofensa era me chamar de *punk* ou de veado? Pintou uma rodinha ali. Ninguém pra fazer o deixa-disso. Tem muito cara com bronca de mim.

Ele se ajeita. Eu me coloco também. Depois relaxo. Ele fica surpreso. Chego perto, corpo mole.

– Escuta, chapa, porque a gente... – Chego mais perto. Ele baixa a guarda e eu vou com tudo na mão do soco inglês. Pego por baixo do queixo. Faz um barulho de osso quebrando, a boca molenga do cara vira pra trás, voa caquinho de dente pra longe. Ele desmancha pra trás, a cara tão pra trás que parece saco vazio de supermercado. Espirra um vermelhão por todo lado. Nem gemeu. Não deu tempo.

Todo mundo olhando. Boca aberta. O japa de boca mais aberta, acho que o queixo quebrou, tá todo torto. Escorre baba e sangue do lado do beiço arrebentado.

Cuspo pro lado. O cara paradão, desmaiou. Nem se mexe. Minha mão dói, faço careta. O soco inglês todo vermelho de sangue.

– Aprende, otário. Luta limpa com sujo só dá nisso. – Olho em volta, os outros desviam a cara. – E ninguém mais me chama de Alberto, tá? Eu não sou mais Alberto porra nenhuma. Me chamem de Gurka. Eu sou o viking Gurka, que veio pra barbarizar. E ninguém se atreva a falar dessa briga senão vai me pagar.

Ninguém falou, mas os homens acharam que a minha roupa tava demais. Agora uso camisa de couro preta sem manga. E os halteres ajudaram: quarenta e cinco centímetros de músculo no braço. O capacete tem uma caveira. E a barba aloirada tá inteirona na cara.

O diretor:

— Meu rapaz, eu procuro ser compreensivo com os jovens. Você sabe que nossa escola tem tradição em liberalismo, não temos uniforme, mas... Bem, eu posso dizer que os seus trajes — tossidinha — não estão adequados. É que... Eu mascava chiclete feito bode, pernas abertas, com as botas vermelhas de barro esfregadas no carpete. E falou lá as baboseiras dele. Eu de olho num aquário grandão, os peixinhos borbulhando, tão bonitinhos. Ele, roupa daqui, compreensão dali. Um pai. Um paizão. Terminou.

— Então estamos combinados? — Estendeu a mão, sorrindo. O cu. Passei por ele feito bobo de mão estendida. Fui direto pro aquário. Desabotoei tranqüilão a calça. Empurrei a tampa do aquário pro lado, dei uma mijada gostosa bem no meio das borbulhinhas dos peixes. Dei as balançadinhas. Fechei a calça, na maior das tranqüilas, virei pro velho: cara de bobo, boca aberta.

Cheguei pra ele, catei a mão dele na minha — naquela em que eu uso o soco inglês — e apertei, legal. Um aperto de mão maravilhoso.

Olho no olho:

— Jóia o teu papo. Maravilha. Mas vamos fazer o seguinte: não te mete na minha vida, eu não me meto na tua. Negócio fechado.

Abrindo a porta:

— E dê lembranças aos peixinhos.

E agora eu sou Gurka. Nunca pensei que fosse tão fácil. Quem não tem medo tem inveja. Fiz uma tatuagem de nazista

no braço. E outra pequenininha na coxa. Já troquei a moto pela 1000. Arrumo a grana que eu precisar – é só dar um toque nuns e noutros, quem não dá uma ajuda pra Gurka, o Terrível?
    Os tempos vão acabar. Nasci no mundo que queria. Chega dessa terra de veado, broxa e mulher-macho. Vem aí o meu mundo, porra. E se vem.
    Me respeitam. Ninguém mais fala grandão bobo. *Big Mad*. A mulherada, é só pegar. Até a gordinha me olha muito, a bunda deve estar querendo repeteco. Qualquer hora como lombo de novo. Tem dois caras que vieram me procurar, querem ser do bando do Gurka. A gente é a nova geração.
    Está chovendo. Acabei de enrolar meu baseado. A aula tá uma bosta. O fessor de Geometria fala baixinho, só me olhando de maneiro. A chuva começa a bater nos vidros. A morena gostosa já comi três vezes – me chupou o pau até arder a boca – e estou de saco cheio. Acendo o baseado devagar. A fumacinha azul me envolve, me dá uma boa. O professor fala mais baixo ainda.
    Bosta de dia. Me espreguiço e solto um bocejo enorme. O fessor pára a aula. Tiro os pés da carteira da frente, coço as costas com o estilete. Guardo o ferrinho agudo na bota. Levanto. Olho fixo pra ele da porta. O fessor desvia os olhos e continua a aula. Bato a porta.
    Ai, tédio fodido. Fico olhando a chuva, forte e fria. Estralo os músculos num espreguiço. Vou andando até o meio do pátio. Todo mundo nas salas, bosta de tarde. A água vem gostosa pelo corpo, arrepia, parece a língua da morena. Ela eu como depois. Meu cabelo vai grudando na cara, a água escorrendo da barba.

Ergo a cabeça, abro a boca. A água entra e sai, me ensopa todo. Sou forte. Fecho os olhos, água e força me penetrando o corpo, as veias. Ninguém vai me parar, nunca mais. Sou forte. Muito forte. Maior do mundo. Estou feliz, porra. Cuspo a água pra fora, encho os pulmões de ar e grito:

– GURKAAAAAAAAAAAAAAAAAAAAAAAAA!!!!!

O cacete cheio de veia deu a maior esporrada na cara da loira. Ela tentava fazer cara de gozo, mas a porra entrou pelo nariz e eu quase dei risada, mesmo com meu pau ficando duro, eu quase gargalhei daquele bosta de filminho. Cinema fuleiro é melhor que desenho animado.
Eu e meia dúzia na sessão de final-de-tarde. O estofo da poltrona soltando fiapo no meu cotovelo. Cheiro de mofo e mijo velho. Pra fazer hora, pelo menos era aperitivo. Gurka não precisa bater punheta no escurinho, mas é engraçado curtir sacanagem de pobre. Olhei no digital: ainda seis e pouco. Só às dez eu ia cruzar com o pessoal.

A sessão acabou. A luz deu uma aumentada, meia dúzia de panaca se mandou, outra meia dúzia já entrava. Encarei feio uma bicha-tia. Acendi o cigarro lá mesmo. Estiquei as botas na poltrona da frente. Fechei os olhos, imaginação tesuda: a Vera-Biologia me chupando o pau, a Claudinha-morena-gostosa sendo enrabada e mais uma loirinha da classe do lado batendo siririca e esperando a vez. Por que não virar realidade? Eu podia... tava nessa de curtir tesão, o som de disco rachado do cinema parou. Fim do intervalo. Cuspi o cigarro, abri os olhos, me ajeitei. Um vulto logo ali na fileira da frente. Cacete. Cinemão vazio, e o bosta senta assim perto de mim. Se enveadar, eu capo.

Fui de rabo de olho acompanhando a figura. Loira, blusa estampada. Podia ser travesti. Nunca se sabe. Mudou de fileira, sentou três cadeiras pra esquerda. Cacete. Eu ia olhando do filme pra lá: calça branca, correntinhas e anéis cintilando no pulso.

Quando a crioula na tela começou a chupar o pau de dois caras ao mesmo tempo, a loira tascou a mão na minha coxa.

Puxei a mão dela pro meu pau.

– Que pressa, bem – ela falou.

– *Bem* o teu cu.

Catei o rosto da Fulana e meti a língua dentro da boca. Língua reta, bem fundo, quase cavando a garganta dela. E ao mesmo tempo fui com a mão pra boceta: um apertão no ponto certo – se for veado quase morre com a apertada no saco.

Não era.

– Você tá me machucando...

– Saber se você é homem. Ok. Agora a gente pode conversar. Quanto você me paga?

Mesmo no escuro, saquei o olhão azul. Brilho demais pra maquiagem. Aquilo era pó ou algo assim. Ela riu.

– Deixa ver se entendi: *eu* pagar? Pra você?

– Ando muito procurado, neném. Michê alto – só olhei. A risada dela vinha baixinho, coisa de mulher bem-educada. Educada e depravada. Melhor que isso, só enrabar a Verinha.

– Ninguém paga ninguém. Mas eu te prometo uma trepada daquelas.

O *daquelas* boca mole. O olho azul. Dava pra sentir que as coxas eram gostosas, decote meio aberto. Me convenceu. Não é todo dia que pinta carne de primeira em cineminha de zona.

A luz da Raposo Tavares acabou. Estrada aberta, só os motéis piscando em vermelho, azul. Ela já sabia aonde ir.

– Já te falei, vou voltar logo. Às dez eu tenho um encontro.

Ela riu. Carro legal o da coroa: dava pra ver que era coroa, apesar do nariz arrebitado em plástica e o corpo de gostosona: ruguinhas de muito sol nos olhos e mão amarrotada. Minha única certeza era que pobre aquela vaca não era, com o Ômega de luxo e cacetada de correntinha, anel, pulseira.
– Se for com uma garota, você vai deixar a mina na mão. Vou secar toda a porra que você tem, Wagner – e riu.
Não falei. Agora eu era Wagner. Não ia entregar o Gurka assim, e Alberto morreu faz tempo. A puta se dizia Eliana. Botou a mão no meu cacete e dirigia com uma mão só. Motel *St. Moritz*. Pinta de luxuoso. Foda-se. Quem ia pagar era ela, mesmo.

Cama redonda, videocassete e espelho em três paredes. Fui mijar e na volta a coroa já tava pelada, só a sandália nos pés.
– Você anda depressa.
– Quem tem de voltar logo é você, Wagner. A gente não tá aqui pra perder tempo... – Ficava de pé, rebolando a bunda e o olho de maluca. Queimada de sol até nas tetas. Só o triângulo das bermudas da xoxota vinha clarinho.
Fui ficando duro. Ela chegou o corpo maneiro, esfregando em mim. De repente, meteu a mão no meu pau. Bem forte. Doía mais que dava tesão; eu arranquei a mão dela e agarrei o outro braço. Segurei os dois pra trás. Ela levantou a cara pra mim.
– Assim... Já vi que você sacou a minha, hein? Assim...
Ficava mexendo o corpo, pra cima e pra baixo, esfregando na minha calça. Apertei mais os braços da coroa, fui pra boca. Ela riu, fugindo com a cara. Maluquice: estupro e estuprador, as línguas de fora, se caçando.

– Me bate – ela pediu. Abri bem os olhos. Ela respirava forte, o olhão parado. – Vai, me bate. Com força. Como se eu fosse, sei lá, alguém que você odeia. Vai!

Se ela pedia, foda-se. Soltei o braço dela e lasquei uma porrada na mulher. O pescoço virou bem pra trás, a pose se desmantelou, mas logo deu jeito:

– Isso, Wagner. Eu sabia que você era quente...

E correu pra uma bolsa grandona, que tava logo ali na cadeira. Arrancou um chicotinho de lá de dentro.

– Fica pelado. Fica peladão e me bate, me esfola...

Passou o chicote pra mim, deitou na cama, exibindo a bunda. Isso eu ainda nunca tinha feito. Estreei o chicote na parede do motel. Lasquei uma mancha de tinta na parede. Fui devagar arriando a calça. Ela se torcia toda pra me ver. Só desabotoei a camisa. A calça eu deixei de lado. O pinto pulava da cueca, tirei de lá devagar, ela fez uuuuh e se torceu, o tesão da coroa devia ser maluco.

Tasquei o chicote na bunda da loira. As costas se ergueram em "s", ela gritou.

– Cala a boca! – eu resmunguei.

Só faltava pintar alguém. Dei outra chicotada com mais força. A bunda tinha agora duas lascas vermelhas, ela fez outro "s" com as costas. Mais magra que gorda, se torcia bem, parecia uma cobra magra, loira, maluca. Ia bater de novo, a víbora virou o corpo e me pulou no cacete. Todas as mãos e unhas no meu pau.

– Aaaaaai! – sem querer, eu gritei.

Ela enfiou a cara no meu cacete, não era só a boca, era a cara – se pudesse, me engolia. Foi me chupando depressa, enfiando meu pau inteiro na boca, eu forçando ao máximo pro cacete entrar até a garganta daquela puta. Fui mexendo e puxando os cabelos dela. O vai-e-vem tava jóia, quase que eu gozava, ia esporrar por todo lado, ia fazer ela me chupar até a última gota, ia.

Sinal de alerta na minha cabeça. Desliguei a cabeça do gozo. Era um barulho, um barulhinho. Cacete. Virei o rosto, investiguei em volta. A filha-da-puta nem se tocou, continuou me chupando.

Larguei a vaca com a boca no vento. E arrebentei o espelho com o cabo do chicotinho.

Parede falsa. Voou caco de espelho e, lá dentro, um velhote barrigudo batia punheta, a calça no chão.

Filhos-da-puta. Aí eu fervi. Catei o pelancudo pelos cabelos e joguei dentro do quarto.

– Seus escrotos, então é festinha a três, hein? E nem me falam nada, hein? – Torcia o chicote na mão, fervia. Depois parti pra cima do gordo, que começou a esconder a cara. Eu atacando de chicotinho: uma, duas, dez porradas. O veado caiu de joelho.

– Espere aí, Wagner. Pare. Espere...

Era a vez da coroa. E desta vez, nada de tapinha de amor: não, foi um soco mesmo, ela se esparramou no chão. Voltei pro gorducho, ainda de joelho. Veio se arrastando pra mim.

– Por favor. Eu pago. Quanto você quer? Eu.

Vai pagar sim, escroto. Mais do que você pensa. Joguei aquele monte de merda na cama, o cu pra cima. Abri a bunda dele, ele tentando se desvirar. Dei uma segurada forte na nuca, no ponto certo do caratê. Ele ficou babando na colcha e acabou quietinho. Subi com o joelho nas costas dele, preparei: um, dois... enfiei o cabo do chicote no cu do filho-da-puta, ele fez um barulho com a garganta, não gosta de bater punheta olhando sacanagem? Então vê se é gostoso dar o cu.

    A mulher dele, ou o que fosse, começou a se levantar, deu um berro quando viu o barrigudo entalado no cabo do chicote. Voou pra mim. Dei um golpe com o lado da mão, o lugar certo no pescoço. Desta vez ela apagou mesmo, a boceta arreganhada pra mim. Faltava o gordo. A bunda tinha pêlo comprido, parecia bunda de macaco. Continuei com o joelho nas costas dele, meti o cabo até o fim, com força. Ele fez uuuuuh. Dei uma porrada fim de papo na nuca. Apagou também. O veado tinha ganho um rabo, xará. Aí sim, era bunda de macaco com banha de porco.

    Limpei o suor da testa. Ficou uma puta sujeira no quarto. Cacete. Oito e vinte. A festa terminou antes do tempo, neném. No bolso da calça do gordo, uma carteira cheia de grana. A coroa também tava abonada. Agora pense, Gurka. Sair sem dar bandeira. E fui botando a roupa na loira, toda desmantelada no chão.

    A chave do quarto, carro ligado, a loira de cara enfiada no vidro de passageiro. A baianinha da recepção foi pegar os documentos. Continuei acelerando. O rádio ligado num rock pauleira, o som misturando com o bolerão do rádio de pilha da recepcionista. Tudo ok.

    Ok o cacete. Pelo retrovisor, vi três caras grandões correndo pro Ômega.

    – Dá logo os documentos, porra! Eu tô com pressa.

    Voz de dono esse tipo de gente conhece. A baiana me passou o RG da loira, estiquei a mão e peguei. Foi o tempo de um dos leões-de-chácara agarrar meu braço. Outro tentou me abrir a porta. O terceiro se plantou na frente do carro. Puxei minha mão, lasquei uma dentada no cara. Ele gritou. O rock no maior agito. Dei uma acelerada, se o outro veado não rolasse pro lado, acabava aleijado. Acelerei legal, subindo a rampa. Ainda tinha um filho-da-puta grudado na porta, mas na curva ele focinhou na areia. A coroa escorregou do banco, caiu em cima de mim. Dei um empurrão nela, bateu com a testa no vidro. Até que enfim, estrada. Vai pintar sujeira, porra. Eu tinha de desovar logo o carro e a coroa.

O Ômega dava mais de 120 por hora. A estrada limpa, noite de lua. Farol de milha me fazendo comer asfalto. A coroa escorregou de novo pro lado, soltou um ãããã baixinho. Tudo certo, neném. Só vai ficar com uma puta dor de cabeça por uns tempos. Tinha de pensar logo. Aquilo que pintou atrás de mim era farol, e farol de moto. Os caras tavam bem ajeitados. Não queriam calote nem sujeira.

Pensa rápido, Gurka. Depressinha. Começaram a aparecer as luzes da Raposo, placa indicando bairro. Vi uma estradinha de barro ao lado de um ferro-velho. Virei com tudo, ali. O carro chacoalhou feito um cavalo, a coroa ficou meio corpo no banco da frente e meio no detrás. Quase passei reto – dei ré, voltei. Era outra ruazinha, paralela à estrada. Podia ir vendo a Raposo no meio das casas. Do outro lado da pista pintou um posto de gasolina.

Brequei o carro, apaguei as luzes. Tchau, dona Eliana. Durma com os anjos. Bati a porta e fui correndo entre as casas. Cheguei até a pista, fiquei atrás de uma árvore. A moto virou na rua de barro, uns 300 metros antes de mim. Dei mais um tempo e, quando a pista tava limpa, corri pro posto Shell na minha frente. Assim de caminhoneiro. Tinha de ter telefone.

– Orra, Gurka. Nunca pensei que você fosse me procurar.
– Cala a boca e dirige.
O veadinho do Leonardo tava feliz demais pra ficar quieto. Vinha me aporrinhando há um mês pra ser do bando.
– Quando você ligou, por pouco não me pega em casa. É que minha tia chegou de Nova York, senão eu ia pegar um cinema. E dá-lhe blablablá. Cacete. Se eu deixasse, fazia o roteiro de viagem da tia, da avó, da putada inteira. Suspirei fundo. Deu canseira. Se bobeasse, tirava um cochilo. E ele me emputecendo.
– Escuta aqui, seu merda! Se você quer ser gurka, a primeira regra é que gurka não tem família. A família é a gente mesmo. E pára de falar, porra! Já tô cheio.
A segunda regra era obedecer ao dono. Mas essa ele conhecia. Ficou caladão. A bronca me tirou o sono, agora era o jeitão dele que me irritava. Calça e cabelo da moda, puta mercedão do velho dele, som de primeira no carro. Ele não tinha de se foder pra ganhar as coisas. E queria ser gurka. Não é gozado? Acendi o cigarro. Dei sorte pra caralho. Quando o Leonardo chegou, até rádio-patrulha tinha virado na ruazinha de barro.
– Aonde a gente vai?
– Pra lanchonete. O pessoal tá lá.
Ele fez um sinal com a cabeça. Dirigia todo cu-de-ferro. Do tipo que pára em farol vermelho, dá vez pra pedestre. O que é o destino, oh que frase mais canalha: a gente depender de um idiota desses!

– Gurka, o que é que... – Erik não entendia nada. Eu chegando de mercedes com o Leonardo de chofer.

– Cacete, é o seguinte: Thorg, vai buscar minha moto nesse estacionamento. – Passei um papel pra ele. – Vai com o Hobart. Ivo, me vê uma dose dupla de conhaque.

Caí na cadeira da lanchonete, todo mundo em volta de mim. Maior agito. Pesquei umas caras feias pro Leonardo. Dei um berro:

– Porra, ele era o único veado que tava em casa na hora do sufoco. Ajudou o Gurka, tem pagamento. Vai entrar pro bando, tá?

– Sem teste?

Erik fez uma careta. Adora teste. A gente tira no palitinho quem vai brigar com o "iniciante". Se o cara agüentar dez minutos de porrada, passou no teste. Se não ganha, a gente come a bunda dele e bota pra correr. Olhei bem pro Leo: o idiota não agüentava meio minuto.

– Eu dispenso. Provou que é gurka quando ajudou.

Silêncio fodido. Encarei bem o pessoal. Algum veado ia encrespar?

– Então você é um gurka. Toca aqui.

– O Ivo quebrou o gelo, estendeu a mão. O resto veio nas porradinhas no ombro, tudo bem. Até o Erik acabou dando o ok.

– Tem de arrumar um nome – falou Widow.

– Que tal Hitler?

Era sacanagem com o Leo. O pai dele é judeu. Eu falei:

– O cu. É dar bandeira. Sem essa.

— Podia ser Hofer falou Krill. — Lembra que eu quase fui Hofer? Acabei ficando Krill, mas Hofer achei bem legal.
— Gostei. Gostei mesmo. — O Leonardo topava qualquer coisa, tava doido pra que a gente aceitasse ele.
— Então tá batizado — eu falei. — Mas o que eu quero mesmo é um pó, cacete. Me passa aí, vou pro banheiro.
Catei um envelope com o Krill, aquele sempre tem um talco legal. Enfiei no bolso, aí senti o volume. Já de longe, berrei:
— Hofer!
O Leonardo virou a cara pra mim. Joguei uma pulseirinha da coroa pra ele.
— Dá pra sua tia, benzinho. Fala que é de uma grande amiga minha.
Uma ponta de dor de cabeça. Dei risada. Dor-de-cabeça do caralho quem ia sentir era a coroa. No outro bolso achei o documento da piranha. Era Eliana mesmo. Ia fazer 45 aninhos, mês que vem. Fiquei vendo rolar na privada a cara no RG da filha-da-puta. Tchau, neném. Mandei beijinhos pra fotografia quando sumiu no meio da merda.

Está perto do Natal. E eu odeio Natal. Fica todo mundo com cara de idiota. Um veado tenta te foder o ano todo e depois vem com "Boas-Festas". Como se não tentasse te foder no outro ano. *Odeio gente demais aglomerada. Aquele bando de madame chupadora de caralho babando em vitrine no shopping. Mas a entrega veio bem quente. E também tem o presentinho pra mamãe. Nada como juntar negócios com prazer.*

Prazer o cu. Shopping em dezembro é foda. "Domicílio é mais caro", falei pro Turco. O veado disse ok. De grana ele não tem problema.

Aqui, nada de Gurka. Se alguém der risada da minha roupa eu encrenco e me fodo. Vim de Alberto.

Larguei a moto no estacionamento com a corrente.

– Dá boas-festas? – Sorriu um crioulinho.

– Te fode, moleque. Odeio festas.

Ele abobou. Se voltar e tiver pneu furado, rasgo ele de estilete. A entrega dentro de uma caixa de sapatos. O *walkman* preso no cinto.

Andando. Gente pra caralho. Terceiro piso, o Turco falou. Mas como é que, num campo de guerra, a gente chega no terceiro andar? Um calor fodido. Dizem que essas merdas têm ar-condicionado, mas o calor é de molhar boceta de madame.

Parei pra cerveja. O Turco não morre pela espera.

– Fala que vai trocar o sapato. Procura por mim lá no caixa.

Filho-herdeiro das lojas *Sneeper*. Tem mais coca nas veias que sangue. E do que depender de mim, xará, vira anjinho. O que enfiei de pó de mármore no meio da branca... o garçom, *never*. Num berro, pedi Brahma.

– Só tem *light*.
– Cerveja de veado, não tem outra?
– Chope.
Vem quente. Engoli o primeiro, pedi mais um. O que tem de desocupado a tarde é demais. Esta porrada de gente não trabalha?
Trabalha. Gelei quando senti. Eu e mais cinco no balcão, fiquei no canto, quase na parede. Um alguém atrás de mim, trabalhando firme pra me livrar do walkman. Mas que veado... retesei os músculos sem que percebesse. Larguei o copo no balcão, catei de fina a caixa de sapatos. Continuei parado. Ouvi – um quase nada, nadinha – o fecho fazer pléc. É agora.
Virei de vez pro ladrão. Encostei o cara na parede com uma mão. Um pivete crioulo, olho arregalado.
Filho-da-puta, tem merda ensaboando o corpo. Me deu uma cusparada na cara e escorregou fora do arrocho. Puxou o walkman junto.
Ninguém escapa do Gurka. Pensa que é o quê? Corri atrás dele. O cuspe daquele bosta me queimava a cara. O pacote atrapalhava, ia trocando de mão. Quase encostei nele. O bosta escorregou por outra escada. Virei-me. Eu te alcanço, até no inferno. Empurrei duas coroas que atrapalhavam o caminho. Ele chegando na saída. Todo mundo olhando, cara de bobo. Mas deu azar. Pensa que escapa do Gurka?
Ia entrando um homem gordo, cento e tantos quilos. Ele de cabeça nas banhas do elefante. Jóia. Estonteou, quase caiu. Agarrei o braço dele, joguei a caixa no chão. Com a mão livre acertei na boca do estômago. O porra fez bufffff na minha cara, fedor de mau hálito. Se curvou. Eu de joelho no queixo dele, pensa que é o quê? Cuspir no Gurka, quem você pensa que é?

Era magrelinho, um bosta. Eu tinha de levantar ele do chão pra chegar na minha cara.

Levantei e segurei pelo queixo. E cuspi uma, duas, dez vezes na cara do crioulo. Uma baba vermelha escorria da boca. E gente em volta.

Eu bati de mão na cara, cuspi, dava cutucada com dois dedos nas costelas – dói pra cacete. Acertei o joelho de novo na barriga, no saco... o cara estonteado – negro não devia nascer, ladrão de merda.

Mais gente em volta. Hora de acabar com a festa. Ergui a cara dele, olho branco, boca torta. E fiz mira. Dois dedos no gogó. Estiquei a mão e voltei com tudo. Fez um *crac* de ossinho quebrando. Ele entortou o pescoço pra trás. Sorri. Bagaço no chão. Golpe mortal.

Cuspi de lado, peguei o pacote e o walkman do chão. Porra, como é difícil chegar no terceiro andar.

O farol da moto marcou da esquina o vulto no portão. Só podia ser a velha. Abriu correndo a garagem. A cara dela de choro enquanto eu manobrava a moto no canto. O carro do pai veio atrás. O do Walter estacionado na esquina.

– Alberto, você está bem? – E ela se jogou em cima de mim. Parecia um novelão, qualé? Dei nela um chega-pra-lá maneiro.

– Claro que eu tô bem.

– Saiu até na televisão. Você não se machucou?

– Que idéia besta, mãe. Claro que não.

– O menino aí é um Hércules, dona Alice. – Era o Walter no beija-mão da minha mãe. Advogado enrolador do cacete. Mas livrou a minha cara.

— Vamos entrar. Isso não é hora de ficar na rua. Alice, vê uma bebida pro Walter.

A gente subiu as escadas. Saco. Tanto barulho por esta merda. Eles iam na frente, maior buchicho. Dei risada: a cara do Turco foi de doer. Acabou de dar a grana, eu enfiei no forro da camisa e os tiras apareceram. Se cagou todo, achou que era com ele.

— Sossega, Turco. Foi um probleminha meu, pelo caminho... — saí na tranqüila, com os caras. O que não se pode é dar bandeira.

— E o assaltante, foi preso? — perguntou a mãe trazendo uma cacetada de comida. Ela nunca é capaz de oferecer só uma bebidinha. A casa em festa. Até as empregadas de pé me olhando esquisito lá da copa.

— Parece que morreu — falou Walter, já virando o terceiro uísque. — Legítimo, hein?

— Arrumei uma caixa com um contrabandista. Depois te dou um litro. — O velho ainda na segunda dose.

De novo dei risada, daquela risada que sai pelo olho e por dentro eu fico gargalhando. Babacas. Claro que morreu, cacete. Eles pensavam o quê, que eu sou um amador? entrou babando, o Vespa, meio metro de língua de cão fila. Pulou no meu colo. Catei as pelancas da bochecha dele e balancei.

— Mas isto não dá problema, "seu" Walter?

— Que é isso, Alice. Me chama de Walter. O patê está uma delícia.

— Obrigada. — A mãe sentou perto, devorando os salgadinhos com os olhos. Mania besta de regime.

— Um negro ladrão. Já era conhecido na polícia. Um a menos é até bom.

– A violência está um absurdo... até no shopping. Um rapaz vai comprar o presente da mãe e é assaltado.
A mãe me olhou com surpresa: cacete, agora o presente tem de vir e ser legal. O Walter ia longe, papo idiota de advogado. Apertei mais as bochechas do Vespa, ele saiu ganindo.
– Pára de judiar desse cachorro, Betinho!
A família na santa paz. Dei uma espreguiçada legal, a grana do Turco quase escapando do blusão. Tanto barulho por causa dessa merda. Ainda bem que tem um pacauzinho no meu quarto. Boa-noite para todos.

Saber as notas na escola. Claro que passei: não nasceu o maluco pra me reprovar.
Enquanto dava a última acelerada na moto, já vi que ia ser foda. Um grupinho de olho em mim na escadaria.
Fui devagar. Tirei a chave da moto, enfiei no bolso do colete de couro. Tirei o capacete com a caveira e, com ele debaixo do braço, fui subindo a escada. Dez caras e umas meninas, a Claudinha-morena-gostosa no meio delas. Me travavam o caminho. Foi o Tiguês quem falou:
– Assassino! Matou um pivete de catorze anos!
– Olha, não só mato ladrão como quem me chama de assassino. Seu bosta, quem você pensa que é?
Ia partindo pra ele, o Júlio também se meteu.
– Foi de propósito. Fizeram autópsia. Você matou porque quis.
Porra, agora era todo mundo, é? Iam me aporrinhar a vida, é?

– Assassino, assassino! – fizeram um corinho, chupadores do cacete. Só a morena não falava nada, meio afastada, olho de quem não tá entendendo. Tão fazendo a cabeça dela, né, veados?

Fiquei parado, segurando a pressa e o sangue a mil pelas veias. Justo hoje que vim sem o mutchaco. Acabava com todo mundo. Dei mais um passo, devagar. Eles, três degraus acima. A gritaria de assassino continuava – uma festa, é? Vão ver. Fingi de bobo. E de repente, um bote. Joguei o capacete em cima do Tiguês e pulei no pescoço do Júlio. Enfiei a mão no gogó dele. Segurei um tempão, ele caiu. Olhei em volta: cadê os valentes? Ninguém lá. Só a Claudinha. Olhei feio pra ela.

– Gurka! Esses caras me contaram...

Se jogou pra cima de mim. Dei um empurrão nela.

– E você acreditou, né, sua puta? Nem falou nada, né? Vai se foder, chupa o pau do teu pai, mas o meu nunca mais!

Entrei no prédio. Cadê as notas? Semana de azar, cacete. Passava a dona Selma, a titia. Se vier com moral, eu...

– Tudo bem, Alberto? – Quase sorriu. Porra, que é que deu nela? A titia há uns tempos até tentou me botar fora da escola. E agora, risadinha?

Chegou Erik, meu chapa do bando. Correndo, lá do fim do pátio.

– Gurka! Gurka!

– Agora que você me aparece, seu bunda! Uns veadinhos aqui tentando me fazer de palhaço e você nem aí. E o resto do pessoal?

– Gurka, te sacanearam. Você repetiu em Biologia.

Eu ainda ri.

– Biologia? Mas quem dá aula é a Verinha. Tô comendo ela adoidado, como é que deu pau?
– Verdade. Deu meio na tua prova.
Vaca, puta. Minha cabeça latejou. Então trepa comigo tanto tempo, dá a bunda, a frente, me chupa o caralho o tempo todo e agora faz isso comigo?
– Deixa eu ver.

– Filho, você tá doente? Seu olho está tão vermelho...
Vermelho? Depois de um baseado, um pó e ainda sóbrio, sóbrio... era tanto ódio enfiado na veia e na cabeça que eu fervia inteirinho, fervia e latejava. Queria esmagar aquela veada, queria comer ela de faca no cacete, rasgar inteirinha, aquela puta. Sumiu da escola. Só devia voltar no dia do conselho de classe. Não tava na casa dela. Ninguém sabe, ninguém viu. Me fez de palhaço. Palhaço. Até o pessoal do bando me olhava com piedade. Pi-e-da-de! Pra Gurka, o Terrível? Mas me paga, eu vou dar um jeito, eu vou...
– Filho, pára de roer unha. Não faz bem pra saúde.
Roer unha? Eu vou é roer os ossos daquela piranha. Vai ver.

– É isso aí. Quem vem comigo?
O bando do Gurka me olhando. A gente no parque do Ibirapuera, uma fogueira acesa no meio, cada um do lado da sua moto. Um e outro e todos calados. Eu encostado no fogo.
– É sujeira feia, Gurka – Ivo falou, baixinho.
– É pra sempre. Não tem volta – eu gritei.

Finquei o olho em todo mundo. Quinze homens bons. Eu escolhia bem. Mas Ivo e Killer puseram olhos no chão.

– É pra sempre – eu gritei. – De vez. A gente é grande demais pra essa porra de vida. É sair pelo mundo! Quem é que não vai?

Tirei da bota o estilete, dobrei os braços. Só a fogueira iluminava a gente. As árvores quietinhas, calor danado em janeiro. Dava uns raios no meio das nuvens, ainda vinha chuva. A chuva sempre me foi legal.

– Eu topo. – Amigo velho de guerra, Erik.

Tirei do fogo um ferrinho com a letra G, avermelhado da brasa. Primeiro ergui bem minha blusa de couro. Retesei o músculo do braço, estendi o ferro pro Erik. Fiz um sinal. Apertei os punhos. Já! Ele encostou o ferro na minha pele, saiu fumaça, cheiro de queimado. Segurei o grito, contar até cinco.

– 1, 2, 3, 4, 5...

Ele tirou o metal. Eu suava inteiro, uma dor filha-da-puta me deixou tonto, mas ergui de novo o corpo, gritei:

– GURKAAAAAAAAAAAAA!

E todos gritaram também. Força. O fogo do G nas minhas veias. Eles são meus, eles vêm, pra vida e pra morte, sempre.

Eu marquei eles com o G. Eu comprava eles com minha letra na sua carne. Um por um, o bando do Gurka marcado com ferro em brasa.

O conselho de classe era à noite. Melhor. Não tinha aluno pentelho pra atrapalhar.

– Os ilustres professores já chegaram?

– Marcaram às sete. Todo mundo já entrou.
– Alguém viu vocês?
– Não. O olheiro ficou na lanchonete. Peguei o cabo do mutchaco, que é de aço puro, e enfiei no cadeado do portão. Me segurei nas grades mais altas, pulei em cima. Na terceira vez, arrebentou. O porteiro chegando. Fiz sinal pro Ivo. Uma porrada na nuca, fim de conversa. Era uma festinha surpresa, não queria ser anunciado. Um outro gesto, Erik e Thorg invadiram a cabine da telefonista. Cortaram tudo que tinha cara de fio. Três subindo pelas paredes até o terraço ao lado da sala dos professores. Três ficaram do meu lado. O resto esperando a hora.

Bati delicadamente na porta. Pararam de falar. A voz do diretor.

– Quem está aí?

Contei até dez. O silêncio continuava. Dei um pontapé na porta, de cara com o dr. Wilson. Ele ficou branco, depois tentou manter a pose.

– Alberto, você aqui? A gente estava...

Passei direto por ele. Fiquei de frente pra Vera, do outro lado da mesa grande. Ela não desviou os olhos. Branca, a mão tremendo no cigarro. Vai dar de santa, sua vaca?

– Eu queria saber se é verdade que eu fui reprovado em Biologia...

– Era isso mesmo que nós íamos discutir agora, Alberto – o veado do Wilson, de novo. – Porque o conselho de classe...

– Eu perguntei pra ela... – apontei a Vera. Ela desviou os olhos, colocou os óculos na mesa.

– Foi – quase engasgou. – Você foi reprovado em Biologia.

Cruzei os braços, ergui os ombros. Viram o meu tamanho? Viram o músculo do muque? Viram o mutchaco na cintura? O soco inglês?
Delicadíssimo, baixinho, só perguntei:
– E eu queria saber por quê.
Todo mundo de olho na Vera. Ela mordeu os lábios, depois deu um troço nela, vamos dizer, de metida a herói, e falou:
– Porque você precisa ser barrado. Você passou dos limites. É um absurdo nós compactuarmos com isso. É criminosa a maneira com que você matou aquele garoto. É isso.
Ela se levantou, xará. Levantou, Joana d´arc fajuta. E era ela de um lado da mesa, eu do outro, o resto sentado.
Menos a titia Selma. A velhota se levantou, complacente e gentil, tom de voz pra falar com debilóide.
– Alberto, eu queria deixar claro que essa não é a opinião geral. Nem todos concordamos com a Vera. Eu, particularmente, achei que o seu gesto foi mal compreendido. Tem muita coisa mal explicada. Você só parou um ladrão. Não é justo ser punido por isso...
Olhei pra ela, tão perto de mim. E pros outros, sentados. O Onofre, de Matemática; e o Carlos, de Química, e mais dois ou três sorriam pra mim. E eu fui fervendo. Bando de veados. Tô sacando a de vocês. Pra essa laia, eu era um herói. Eles não se importavam se eu me fodesse, mas que matasse os caras certos. Fizesse o servicinho sujo pra eles. A Selma de rosto pertinho de mim. Os professores sorridentes. O Wilson com cara de que me dobra. O latejo nas orelhas foi aumentando. O fogo tomando conta do sangue. Olhei pra Selma, batonzinho cor-de-rosa.
– Vá tomar no cu, velha besta – e gritei: – GURKAAAAAA! – E eles invadiram a sala. Cinco pela janela, cinco pela porta. Os outros, garantindo a saída.

Fui direto pra Verinha. Ela ainda tentou escapar, agarrei seu braço, ela começou a me bater com a outra mão. Uma porrada forte – póu – e ela sossegou. Virou o rosto, saía um sanguinho do lado da boca. Eu puxei o cabelo dela pra trás – nos olhos dela, medo e raiva; dei mais uma porrada. Saiu mais sangue. E beijei. Lambi o sangue que corria pelo queixo. Sentia minha barba quente do sangue da Vera.
Olhei em volta. Alguns de pé, cara de medo.
– Senta todo mundo! – berrei.
Foram sentando. Krill ficou de um lado da mesa, Ivo foi do outro. Nas outras pontas, Widow e Thorg. Verinha mole, o corpo meio desmaiado.
– Abre caminho! – berrei.
Thorg puxou as cadeiras com os professores sentados. Eu passei com a Vera no colo.
– Limpa isso.
Erik jogou todas as folhas da mesa no chão. Arranquei a blusa da Vera. A Selma virou o rosto quando as tetas dela saíram pra fora.
– Tá impressionada, coroa? Virgem velha, tá? Thorg! – Apontei pra ela. Thorg agarrou a saia da Selma e desceu pro chão. Ela soltava um caralhão de gritinho: "oh, oh, uh!"
Tirei o estilete, fui cortando a calça da Vera. Ela gemia baixo, ainda meio tonta. Não vai acordar, piranha? Não vai? Apertei mais o estilete, ela gritou. Fiz um talho de cima abaixo em suas coxas. De rabo de olho, via a velhota esmurrar o Thorg – justo o Thorg! –, que já tinha deixado as pelancas dela pra fora da roupa. Jogou ela com força no chão, as costelas estralaram. A Vera travava dentes, fechava os olhos.
– Abre os olhos! – gritei.

Ela continuava com eles fechados, apertou a boca.
– Abre!
Fez quase uma careta. Catei o estilete, encostei no seu pescoço.
– Abre, dona Verinha. Abre, porque senão eu vou comer você depois de morta, espetada aqui, sacou?
Mais pressão do ferro no seu pescoço. Ela fez um barulho rouco com a garganta, abriu os olhos.
– Melhorou, dona Verinha. E agora fala, Joana d´arc fajuta. Fala quantas vezes você me chupou o cacete. Conta quantas vezes eu comi você: na frente, na bunda. E você gozava pra valer... Fala, vai. Fala! – gritei.
– Você... – voz baixinha.
– Fala alto! Fala assim: eu chupei o cacete dele! Eu gozei pra caralho com ele!
Ela repetiu, mais alto. Ouvia o fuque-fuque do Thorg nas minhas costas, a velhota virgem gemendo – vai ver de tesão. Arranquei a calcinha da Vera com o estilete, uma bandeira nova. Arriei a calça, meu pau duro e feliz. Arreganhei as pernas dela, vendo aquela pentelheira tão conhecida, o rego e o grelho. Fui bem fundo, enfiando o dedo na bunda, ela pendurada na mesa, toda largada. E fui, fui. Na hora de gozar, gritei alto – Aaaaaaah! – e tirei meu pau molhado de lá. Ela nua, largada, a coxa sangrando um pouco. O estilete na minha mão o tempo todo. Pensei em enfiar nela de vez, pela xoxota. Grudar ela na mesa, mas o estilete era bom demais pra desperdiçar. Melhor, boa idéia: segurando só a pontinha do ferro, desenhei meu G na sua barriga. Ela gritou, eu segurei seu corpo pra trás, um G de sangue escorrendo pelo carpete.

Fechei a calça. Limpei o sangue do estilete no paletó do Wilson. Ele, de pedra. Ninguém se mexia. A velhota no chão só fazia uuuuuuh, tentando tapar os pentelhos e os seios murchos com as mãos. Vera, aberta na mesa. Desta vez, acho que desmaiou mesmo. A boceta arreganhada na mesa mostrava tudo, o sangue desmanchando meu G. Olhei bem pra todos.
– Bando de cagões, vocês me dão nojo... Adeus, veados. – Me debrucei pra dona Selma. – Foi um prazer ter a senhora como minha professora – ela fez uuuuuuuh mais alto.
"Pessoaaaaaaaaal! Destruir!"
Trancamos a porta, e cada um por si. Três subiram as escadas, jogavam carteira, quebravam vidro. Ivo e Krill invadiram a secretaria. Papelada pegando fogo. Widow, eu e o resto descemos pras outras salas. O que voou de carteira, vidro, porta, até privada o Thorg conseguiu arrancar do chão.

Começo da Serra do Mar. Estrada velha tem mais curva, jóia. Dei gesto de parar na casa da marquesa.
– Vou mijar.
Mijei numa fonte de azulejos azuis. Uma portuguesinha gostosa carregava água, um cachorro latindo, um moinho d'água. Como estes portugas eram bonzinhos. Catei o estilete e risquei a cara da moça. O sorriso dela me pentelhou.
O resto do bando ficou vendo estrelinhas. Enrolavam um baseado. Menos Krill, que já botava fogo nos canos.
– A gente podia dormir aqui.
– Tá muito perto. Melhor chegar primeiro na praia.
– Tô louco pra tomar um sol – era o Thorg.

— Devia era tomar banho. A xoxota da coroa deve estar fedendo. — A gente riu.

A noite tão gostosa, estrelinhas mil. Lá longe, litoral. Bateu assim uma tristeza, o fumo me fazendo a cabeça.

— Não dá mais pra voltar pra casa.

— Isso é uma pena.

— Mais ou menos.

Fiquei quieto, eles também foram calando. O meu G era o registro de fogo. Mas aceitei o saudosismo: bom chefe tem de ser camarada, não é mesmo?

— Sabe do que mais, pessoal? Eu vou é morrer de saudades da mamãe.

Caímos na gargalhada.

A moto empinava que nem cavalo. Pra mim, moto sempre foi um cavalo: bicho doido, malandro. Tem de ter jeito e carinho, senão te fode.
E eu empinava a roda, a moto obedecia. Acelerava, ela saía arrancando fumaça e faísca. Minha moto na frente, o bando inteiro atrás. A gente lascava o asfalto e porra! Nunca se foi tão feliz. Nunca a gente se divertiu tanto.

– Portuga, a gente quer cerveja.
Eu e meus catorze amigos lotando o boteco. Erik e Hofer foram mijar. A gente foi agarrando as cervejas e eu saquei que o velhinho botava a mão por trás da gaveta.
Agarrei o pulso dele e puxei.
– Que berro bonito você tem aí! Olha só, Ivo. O que você sempre quis.
Empurrei a mão do velhote no balcão e joguei a arma pro Ivo, que é quem gosta dessas merdas. Faz tempo que me pentelha pra ganhar um presentinho.
– Legal! Uma Browning alemã, 9 mm. Velhinha, mas tá jóia.
Olho brilhando, foi vendo se tinha bala. Larguei ele e o portuga papeando sobre a arma e cheguei até a porta da vendinha. A cidade é até grande, mas periferia tem sempre a mesma cara de merda. Um cachorro de costela de fora ficou me olhando.
– Widow, me joga aí a mortadela.
Espetei o rodelão no ar, na ponta do estilete. O bicho esticava meio metro de língua. Quer um pedaço, neném? Lasquei uma fatia pra mim, quase metade da peça pra ele.

— Olha aí, portuga. Vê se aprende a ser bonzinho.

Os cachorros devoravam, abanando o rabo. Me abaixei e fiquei olhando. Ele parou de comer e foi lamber os meus dedos. Deu nojo. Bicho feridento, sujo. A miséria é nojenta até quando quer te agradar.

Chegou Ivo.

— Caixa de bala pela metade. Jóia.

— Pra quem gosta... eu não topo. Resolvo na porrada.

— Dá que precisa.

— Então leva.

O Ivo é moleque, gosta desses brinquedos... Mirava na testa do Úlik e dava risada. Qualquer hora esta porra estoura e voa miolo pra tudo quanto é lado. Que se foda ele e seu brinquedo. Pedi pro Thorg me jogar uma Brahma. Ele chegou com duas, encostou do meu lado na porta da vendinha. Lá do fim da rua vinha chegando um casalzinho.

— Quer? — passei pra ele a mortadela.

O casal chegava; a moça dava até pra comer: mulata, mas boa. O namorado era um crioulo com jeito de invocado. Pararam bem na porta do boteco, olhando a gente. O crioulo acabou entrando — a mina ficou lá fora.

— Quer um pedaço? — ofereceu Thorg.

— Não, brigada. — Até sorriu. Ele chegou mais, com meu estilete já cortando a mortadela.

— Pega.

— Não, brigada.

— Eu já disse: pega.

Era melhor que não enveadasse e pegasse logo. O Thorg nunca gostou de gente que faz frescura. Ia dar tudo certo, ela até estava aceitando, mas o macho dela invocou.

Aí fodeu. O Thorg jogou a mortadela no chão e ficou só com o estilete apontando pro crioulo.

— Eu tô falando com ela, veado.

O cachorro abocanhou a mortadela e correu. Hoje é dia de festa. Eu só fiquei olhando. O cara deu um passo pra trás.

— Se tu é macho, solta a faca.

— Solta, Thorg. — Dei risada.

Ele jogou o estilete pra mim, o negrão saiu pra rua. O bando todo correu pra porta. A mina acabou perto da gente.

— Não, Joaquim, num faz isto.

— Ai, Joaquim — imitava o Ivo. — Tua namoradinha tá com medo, Joaquim.

Os dois se pegaram. O crioulo tentou dar um murro, Thorg abaixou a cabeça e voou no pescoço dele. O cara tentava acertar o pé no saco do meu chapa, mas o Thorg é grandão, afastava as pernas e continuava esganando o pau-de-fumo. A maior zona, todo mundo gritava. O crioulo até que sabia brigar: pulou os pés no peito dele e foram os dois pro chão, virando na poeira. Um tesão de briga.

— Gurka! O dono do boteco escapou.

— Cacete. Como é que você deixou?

— Sei lá. O banheiro tem uma parede de tábua, foi por ali.

— Vai dar sujeira. Avisa a turma e pega o que der. Vambora.

Thorg cuspia uma baba vermelha e pulava com as botas em cima do crioulo. Aquele já era uma cagada no chão. Bem feito, quem mandou se meter a fresco? A mulata caía no berro.

Cheguei pra ele:

— Larga este porra. Vem sujeira. O portuga escapou, vai trazer gente.

— Não. — Thorg de olho vermelho. Falava comigo e continuava chutando a cara, o saco, as costas do crioulo. — Me fodeu a roupa, me sacaneou. Só vou depois de comer a mina dele.

A mulata chorava. O pessoal já pronto pra sair. O cara sangrava por todo lado, até pelo cu.

— Gurka! Vem chegando um caminhão.
— Thorg! É uma ordem! Vambora!

Segurei o braço dele. Ele chacoalhou minha mão e passou reto. Conheço este merda: é o mais forte e o mais burro também. Foi pra mulata no tapa. Quando vê mulher ou tá com raiva, é uma fera. Vai se foder.

— Pessoaaaaaaaal! Partiiiiiiiir!

Ainda deu pra ver a mina pelada e o Thorg de pau de fora. Daqui a pouco o idiota gozava. Acelerei ainda uma vez, alto, guincho, berro — o cachorro uivava, se despedindo.

Saquei que tinha coisa. A Calima é igual cavalo até nisto: quando minha moto escorrega em asfalto liso, quando o espelho insiste em não parar... tem coisa. Ela me avisa que tem sacanagem a caminho.

Fogueira acesa. Cheguei perto pra acender o cigarro. Tava agachado quando vi as botas se aproximando. Acendi bem devagarinho, um puta silêncio. Traguei legal. E continuei agachado. Devagar fui olhando as caras deles. Todo mundo quieto.

— Que é que há? — levantei. Ninguém sabia o que dizer. Conheço eles. No fim, até sabia que o Erik acabava sendo o porta-voz.

— A gente conversou, Gurka.

– Vocês conversaram, legal. Muito legal. E posso saber sobre o que vocês conversaram?

Silêncio. O nome tava na boca de todo mundo, mas era o Erik que tinha de dizer.

– O Thorg. A gente não achou legal você largar ele lá.

– Que pena. E o que é que vocês acham que eu devia fazer? Não falaram. Eu até lia nos pensamentos deles. Aquele bando de homem barbado, abaixando a cabeça que nem escoteirinho levando bronca. Isso me divertia.

– Escuta aqui, seu bando de merda! Eu dei uma ordem. Não dei? Eu avisei que vinha sujeira. Aquela múmia nunca foi de obedecer. QI de ameba. Se fodeu. Só isto. É a lei do Gurka: se não obedece, que se vire. A gente só é unido se tiver respeito.

– Mas e se mataram ele? – perguntou Ivo, molecão. Mas tinha também um brilho de medo nos olhos dos outros.

– Mataram! Mas quê, mataram! Escuta aí, cambada – sentei no chão e dei sinal pra eles sentarem também. Conversinha ao pé do fogo. – Tem polícia brava atrás da gente? Não. Saiu grande notícia em jornal do que a gente fez na escola? Não. E por quê, hein?

– Você acha que o meu pai...

– Se eu acho, Hofer? Eu tenho certeza. Teu pai já falou com tudo que é dono de jornal, de TV. Já jantou com o Ministério inteiro. Vai até no Presidente, se precisar. Devem querer que a gente volte, botam alguém atrás pra isso. Mas *matar* a gente? É piada. O Thorg vai para a casa dele, vai dar beijinho na mamãe, a família dele ensaboa a mão de uns tiras e fim. Matar o Thorg? Cacete. Ele vai é dormir na caminha dele amanhã. Sonhando com os anjos.

Dei risada. O pessoal sorriu. Começaram a conversar. O Hofer ganhou uns tapinhas nas costas. Foram relaxando, eu dei um tempo pra turma ganhar confiança. Agora só faltava uma coisinha pra tudo entrar nos eixos.

Fiquei de pé num pulo, já com o estilete na mão. Bem no meio da roda. Todo mundo calou. Falava e girava o corpo, estilete na cara de um por um.

– Agora, o próximo veado que não obedecer, sacou? *Uma só* ordem minha, eu arranco o culhão fora. Tá? Porque largar aquela besta foi pouco. Esta porra no meu braço – arranquei a camisa e botei o G tatuado pra fora – tá no braço de todo mundo. Vou fazer outro G no cacete do próximo traidor. Ergui bem os ombros, um puta silêncio. Agradei o estilete, macio, feito pele de mulher. Falei baixo: – Está certo?

Aceno de cabeça, um "sim" aqui e ali, no sussurro. Olhei direto pro Krill. Tá se picando demais. Se precisar dele e ele numa *bad*, largo esse porra no caminho. Ele baixou a cara. Todo mundo baixou a cara. Guardei o ferro na bota. Cada um pro seu canto: dormir, mijar, bater punheta. Ser chefe é foda. Tem de pôr respeito sempre.

Fui até minha moto pegar o saco de dormir. Calima estava certa, traição vinha a caminho. Falei no ouvido da minha amiga:

– Mas que mataram o Thorg, disto eu tenho certeza.

O que eles estavam é de saco cheio. Comer qualquer bosta, dormir no mato, não tomar banho – isto é legal por um tempo. Agora fazia falta uma farra.

Primeiro, arranjei acampamento num puta lugar gostoso – tinha um riacho, fruta no pé, o Derek caçou dois coelhos. E tudo isto a menos de cem quilômetros de Belo Horizonte. Dei o tempo certo pro pessoal esfriar a cabeça.

E no sábado de manhã me mandei. Dei ordem pro pessoal ficar no acampamento. Segui uns 15 minutos de moto e parei.

– Calima, a gente vai brincar. É hoje. – A moto foi vendo eu tirar a roupa de Gurka e vestir um pano legal. – Vou de bom menino, boneca. Você não imagina o que vale uma roupa legal.

Belô. Cidade grande é tudo igual, uma passeada e logo deu pra sacar o bairro dos ricos. *Buffet Giselle*. Aqui mesmo serve. Panca de grã-finagem.

– É uma informação.

– Pois não, cavalheiro.

Porra, até virei cavalheiro. O mineiro burro é do tipo beija-cu, todo vaselina pro meu lado. Engoliu logo meu papo: amiga de irmão, festa de aniversário e tal.

– O nome dela é... Maria... Maria...

Não deu outra:

– Maria Angélica Camargo?

Na mosca, neguinho. Me deu endereço, horário. O que vale a gente ser amigo de ricaço, hein? Ia ser uma puta surpresa pra aniversariante.

Tudo certo. Porra, se a gente foi convidado tem de ir no de melhor, não é?

Cidade grande é bom porque a gente "faz compras" num bairro e passeia no outro. Às nove da noite passamos numa loja legal. *A Browning* do Ivo mostrou as suas vantagens: nunca atenderam tão bem a gente. E às dez, motos parando no quarteirão da festa.

– Num tô bonito?

– Calça verde-limão? Que veadagem.

Quase que o Ivo levava um murro. Todo mundo riu. Mas bem que o Widow exagerou. Baianada: calça verde-limão e camisa listrada.

– Tá na moda, seu porra.

– Chega. Deixa para brigar depois. Tira no palitinho quem fica com as motos.

Ajeitamos tudo: Ulik e Krill se foderam, iam tomar contas das motos, dois quarteirões mais longe. Primeiro entravam três: eu, Erik e Ivo. Mais ou menos uma hora depois, mais três: Hobart, Derek e Hofer. Tipo meia hora, vinham Widow, Wolf e Bern. Os outros três ajudavam nas motos e vinham na hora da festa *mesmo*. Dispensavam os aperitivos.

– E se alguém pedir convite? – perguntou o toupeira do Hobart.

– Usa teu charme, benzinho. – o Hofer gozou da cara dele, com o maior jeito de bom menino. Tinha até rapado a barba. Era o tipo de filho de embaixador.

Uma puta mansão. Terreno comprido, a festa era no jardim. A casa grandona, o muro alto. Se eu pedisse de encomenda, não saía melhor.

– A srta. Maria Angélica, por favor.

O porteiro mandou chamar. Logo veio uma loirinha, bem emperiquitada. Tinha a cara idiota de toda aniversariante. Um bagulho, mas que se acha um avião. Manja o tipo? Se não vier melada de ouro, não dá pra engolir. Um puta olhão azul em cima de mim.

– Eu sou o irmão do Roberto, lá da escola. Acho que cheguei cedo, ele falou que...
 Nem precisei enrolar o resto da mentira. A mina tinha ido mesmo com a minha cara. Até alisei o caminho pros outros, dei a dica pro porteiro da maldita calça verde-limão do Widow. Dispersar. Erik atacando as empadinhas. Ivo caçando mulher. E a loirinha não saía do meu pé.
 – Engraçado, o Roberto sempre fala de você, mas eu não imaginava... não pensei que você fosse tão alto.
 – É inveja dele. Deve falar que eu sou um monstro, hein? Ela riu em cascatinha: "oooOOOooo". Cacilda. Menina fina é de dar nojo. Quantos aninhos? Uns quinze. Talvez mais. Tão novinha e tão piranha. Catei logo um *Ballantines*.
 Encostado na mesa grande, uma puta loirona dava ordens pro mâitre. Parecia a Catherine Deneuve, e eu sempre tive o maior tesão pela Catherine Deneuve desde que vi um vídeo dela, em que ela fazia a puta da tarde. Esguia, quarentona, de cabelo em coque. Um mineirão barrigudo do lado dela.
 – É sua mãe? – lembrava vagamente a Angeliquiinha.
 – Hum-hum. Nós somos parecidas, você não acha?
 O cu. Parecia com o pai, o barrica. Se não fosse a grana, acabava dona de padaria. A mãe, não. Tesuda. Bom, isto eu deixava pra depois.
 – Você faz Medicina, não é?
 – O Roberto conta tudo, hein?
 – Eu também quero fazer Medicina. É gostoso?
 Gostoso é foder. Peguei outro *Ballantines*. O Erik papeava uma japonesa. Só gosta de tipo estranho, aquele ali. O Ivo...
 – Gurka.
 – Gurka? Seu nome não é Vicente?

— É um apelido. Dá licença?
Cheguei pra ele:
— Veado, não me chama de Gurka aqui dentro.
— Esqueci. Manja só. — Me mostrou uma Beretta lindinha, calibre 22. Só pensa nisto.
— De onde veio?
— Amorteci um guarda-costas. Os caras são quentes, tem uns três que eu já saquei.
— Vai neles. Dá a dica pros outros, daqui a pouco pintam nessa. Eu tô aí com a loirinha.
Ela:
— Algum problema?
— Nada. Conversa de homem.
— Depois vocês falam que as mulheres são fofoqueiras...
Iiiiiiih, cacete. Além de quase canhão, chata. Ia até me mandar, e ela:
— Você gosta de uísque, hein? Mas *Ballantines* é bobagem. Vem comigo. Você vai ver que relíquia tem na adega.
E me levou pro outro lado da casa. Deu pra reparar num mulato de olho na gente e deu pra reparar no Ivo reparando também. Deste jeito ele acaba com uma coleção de armas.
Porta de madeira, luz de quarenta velas, um puta dum arsenal de bebida.
— Meu pai sempre fala que esta é raridade no Brasil.
Eu nunca tinha visto a garrafa, mas se era oferta da casa... abri. Enchi o copo. Um tesão. Pena que o gelo no fim.
— *On the rocks* não é melhor?
— É que talvez tenham coisas melhores que um uísque...
Quando me virei, porra! A mina já tinha arrancado a blusa. Tipo roupa de putona a dela: zíper fácil, tudo pra fora. Ficou

pelada num segundo, e eu é que não ia dispensar o aperitivo antes do jantar...

Pra falar a verdade, eu é que fui o aperitivo: quem me comeu foi ela. Começou me puxando o zíper, pôs meu pau pra fora, devagarinho. O cacete duro encostado na xoxota dela. Eu levantei os braços, tava com a garrafa numa mão, o copo na outra. Fui bebendo do gargalo enquanto ela agachava e me dava uma chupada no capricho: língua no cacete inteiro, até nas bolas. Depois ficou de pé e esfregava a cabeça do meu pau no reguinho dela, aqueles sobe e desce, o tesão do entra-não-entra, e quando eu ia enfiar de vez, ela:

– Ah, ah. Apressadinho, hein?

Putona. Larguei o copo e a garrafa e puxei a mina pelos cabelos, que se foda o penteado, sua vaca. Catei meu pau e meti nela de vez. Ela deu um gritinho – por essa ela não esperava –, mas logo se reanimou. Segurei a mina pela bunda, eu de pé, com ela no colo, os pés no meu pescoço. Devia fazer ioga pra se torcer tão bem. Ou trepar todo dia. Abri a boceta dela, fui fundo, fundo. Ela se torcia, unhava o meu pescoço, dava uns gemidos altos. Fui indo, indo – e a gente gozou junto. Apertei os lábios, ela deu um grito fungado no meu ouvido.

Fazia tanto tempo que eu não comia uma mulher a fim de me dar, que até estranhei. Ela, não sei.

– Uau! Você é uma parada, hein?

Enchi o copo até em cima.

– Vambora.

– Tem tempo. Eles não vão reparar tão cedo.

Eles não, mas eu sim. A gente voltou. A putona se esfregava toda em mim, feito gata. Gente pra cacete. Dei uma investigada: tudo ok. Hobart perto da porta, Hofer conversando com uma coroa, Derek enchendo a cara. Reparei na saída: chegavam os outros três. Ivo me deu um sinal de tudo limpo.

Fui até ele, peguei uma Beretta, disfarçando. Agora sim, a festa ia começar.

– Por favor, senhoras e senhores, um minuto de atenção! As quase cem pessoas de olho em mim, chegando perto. Subi numa cadeira, festa que se preza tem discurso, não tem?

– Nós, os colegas de Maria Angélica, preparamos uma surpresa pra aniversariante. Por favor, entrem todos no salão.

Resmungos, a mãe de cara feia, o mâitre tentando explicar pro barrica do pai, a loirinha quase gozou de novo, batendo palmas e convencendo toda a família. Foram entrando. Rabo de olho, vi Ulik e Krill amolecendo o porteiro e trancando cadeado.

E lá dentro, a Beretta, duas Taurus e a Browning fizeram as apresentações.

– Senhoras e senhores, espero que vocês se divirtam bastante. A gente preparou um presente extra, não é, pessoal? Pra aniversariante. – A mina gaguejava. O pai só faltava mijar nas calças. – Deita todo mundo! E quieto; eu enfio uma bala no cu do primeiro que se mexer. – Aí foi um corre-corre. Umas velhotas meio atrapalhadas; uma botinada na bunda ajeitou logo. – Crianças, é hora do bolo!

Puta, foi a festa. Larguei os camaradinhas lá, e catei logo a aniversariante e a mãe pelo braço. Fui empurrando as duas pelo corredor – uma saleta legal. A mina gaguejava umas besteiras, tipo pelo amor de deus e etc., mas que chata! A mãe pelo menos não falava nada.

– Você não tem mãe? – berrou no meu ouvido, escorrendo ranho pelo nariz. Parei. Empurrei a loirona pra parede, olhei bem na cara dela.

— Tenho. Tenho sim. Quer ver? — Fui até o telefone, liguei interurbano. Apontava o revólver pras duas, de pé no canto da parede.
— Alô? Mamãe?
— Pelo amor de Deus, Alberto! O que você está fazendo? Falou no jornal que zzzzzzzzzzz
— Tá tudo bem, mãe. Não fica preocupada. E num acredita no que sai no jornal: jornalista é muito mentiroso... Qualquer dia desses eu apareço. Eu só liguei pra dizer que é uma homenagem a você. Um beijo.
E me virei pra Catherine Deneuve:
— Tira a roupa, gostosa. Você sim é mulher de dar tesão. E outra coisa: cuida mais da piranha da tua filha. Anda trepando com gente que não presta.
A mãe continuou reta, encostada na parede. O pescoço muito alto e fino. A filha:
— Por que você está fazendo isso? O que foi que eu te fiz, Vicente?
Vicente? A vaca ainda achava que eu era o Vicente? Caí na risada. Puxei a loira pro sofá. Ela sentou, joelho reto, toda madame. A filha era uma mancha vermelhona, maquiagem derretendo pra bochecha, nariz.
— Pára de chorar, sua puta. Não gosto de barulho enquanto eu trepo.
Cheguei na loirona, catei o rosto dela. Os olhos eram vidro, brilhantes, uma puta raiva. Ia me cuspir na cara: eu adivinho estas coisas. Dei risada, passei devagarinho o cano do revólver no decote da loira, desci... A filha abria o choro de vez. Apontei a arma pra ela, tentou engolir o berreiro e ficou mais vermelha. Parecia que ia explodir. Só não explodia a cabeça dela porque

eu tinha outros planos. Enfiei o cano de vez no vestido, rasguei a seda até o fim. A loira continuou retíssima. Nem tentou esconder os seios.

E aí eu me joguei em cima dela. Arranquei os restos do pano, abaixei minha calça. De vez em quando olhava pra filha, toda encolhida no chão. Fodia segurando a arma, me ajeitei com a outra mão na xoxota da tesuda. Fui fundo, fundo... Nunca vi. Disciplina germânica: a loira não mexia um músculo. Tipo de mulher que dava vontade de comer de novo, a noite inteira. Aquele balofo não merecia uma mulher assim.

Saí da boceta quente e gostosa da loira e deixei meu pau de fora. Cheguei pra filha, enrolada feito feto no canto da parede.

– Agora você. E pode começar me pondo duro... Do mesmo jeito de antes, benzinho.

– Eu trepei com três: a japonesa, uma que tinha uma roupa que parecia de marciana e uma coroa... – falava o Erik de boca cheia.

– Coroa eu dispensei. Fiquei só com uma gata morena, de olho verde. Tesão. Me deu até a bunda.

B*ye, bye*, Minas Gerais. A gente almoçava legal, um rango de caminhoneiro. Enfiei um monte de nota na mão da dona do restaurante e tudo bem.

– O de melhor e bico calado.

Grana pra desperdiçar. O aniversário não rendeu só trepada.

– Ninguém vai acreditar, mas eu peguei uma virgem.

– Num goza. Cabaço, mesmo?

– Era aquela menininha, uns oito aninhos...

– Vá se foder, eu sou sacana mas num sou tarado!
O Hofer ficou bravo, o pessoal no "deixa disso e conta logo". Pedi mais uma rodada de cerveja.
– Ela falou que era cabaço, mas eu num acreditei. Tinha, aí, uns vinte anos...
– E aí?
O Hofer queria e não queria contar.
– Olha, pra falar a verdade... – Ficou vermelho. Bom menino é foda. – Eu comecei. Pedi pra ela me chupar. Chupou. Pedi pra deitar no chão. Aí começou o berreiro, que era virgem e tal.
– E o que você fez, porra!
– Aí – suspirou fundo –, quando eu comecei a entrar, ela abriu o berreiro e eu vi que tava apertado, eu...
– O quê?
– Eu brochei.
– Uuuuuuuuuuuu! – Esta não dava. A sina de filhinho de papai é foda. O pessoal caiu de pau nele, e o Hofer vermelho, se defendendo. Fui livrar a barra do menino.

– Tudo bem, pessoal. Da próxima vez, ele põe mais força no cacete, não é, Hofer?
E tudo terminou num hip-hip-hurra, como em toda festa que se preza.

Puxar fumo e olhar estrela é o maior barato do mundo. Melhor que foder, que matar. É o tesão de sentir a grama gelada nas costas e o tudo azul por cima. Achar que aquele caralhão de estrela tá ali só pra te deixar feliz.

Frio fodido, mas bom: sem vento. O mato tão gelado que o frio passava pelo casaco de couro. Puta silêncio, só grilo fazia eco na minha orelha. Isso é Paz? Segurei a ponta nos dedos e dei a última tragada. Porra, isso é a tal da Paz. Eu só queria bater uma punheta mais tarde e fim. Nem imaginava a noite de bosta que ia ser.

– Aaaaaaaaah! – veio um berro. Abri os olhos, de pé e o mutchaco girando no meu pulso.

Um berro mais fraco.

– Parece o Krill. – Era o Erik, do meu lado.

A fogueira no fim. Meu sangue no latejo, torcia e retorcia o ferro do mutchaco. Forcei pra ver, parecia alguém perto de umas árvores. O Widow apontou a lanterna praqueles lados. A gente foi chegando: a cara verde do Strong e o Krill caído, babando uma espuma marrom.

– O que é que houve, seus merdas? Hein?

O Strong conseguia falar "Gurka" e apontava a barriga, rolando pelo mato. O fedor que vinha dele era de mijo, terra e vômito.

– Eu vou morrer, Gurka. Ai... a gente comeu uns cogumelos...

Veio pra boca dele alguma coisa, ele só conseguia fazer "aaaaargh", mas não saía nada. Ficou com aquela ânsia, se virando no chão: minhoca cortada à faca.

– *O queeeee* vocês fizeram?

– É – entrou o Wolff na conversa –, tem um papo aí de cogumelo que dá barato.

Barato? Bando de miolo de ameba, eu fervi. Filho-da-puta do Krill, *junkie* debilóide... Barato? Gurka, manera: se morre, é na briga. Nunca de caganeira por comer cogumelo de bosta de vaca.

Voei pra cima deles. Dava pontapé na bunda, perna, braço. Krill tremendo como se estivesse ligado num fio elétrico. O Strong ainda falava "não, não" e ora tapava a cara, ora apertava a barriga. Dei umas porradas nele também, mas de leve. Os caras me seguraram.

– Duas bestas. Em vocês, a merda não sai do cu, mas da cabeça.

O Bern chegou, se ajoelhou e foi logo medindo os caras. Transa algumas de Medicina. O resto do pessoal também chegava.

– O pó do Krill acabou e ele andava doidão. Não foi por sacanagem. – Ivo tentou livrar a barra deles.

– Que tomasse pico de naftalina, porra. Veneno de rato. Pelo menos não enchia mais o saco.

Eu apertava e desapertava os dentes. Ficava olhando de um pro outro, pro Bern e pro mato. O nosso silêncio parecia velório. Só se ouvia barulhinho de grilo.

Bern se levantou. A gente ficou olhando.

– Acho que eles pensaram que era *Amanita muscaria*. Um cogumelo quente pra dar barato. É branco em cima, e bem igual ao *Amanita... Amanita...* Cacete, como era o nome? Era...

– Porra, quer dizer logo se esta bosta é veneno? – eu berrei.

– Acho que sim.

Silêncio. Krill começou a fazer "aaaaaargh", "aaaaaargh", mas não vinha nada pra garganta. Só barulho.
— A gente tem de levar os caras pra algum lugar. Aqui não dá.
Eu mordia e soltava os dentes, mordia e soltava, no fundo da boca. Odeio quando alguma coisa vai mal. Odeio.

PAZ NA TERRA AOS HOMENS DE BOA VONTADE – escrito na parede da igreja. Boa vontade, hein? Se Deus existe, é um grande filho-da-puta. A chuva começou a cair logo que a gente levantou acampamento e não parou mais.
— Vai ter de ser aqui. — Fiz um sinal com a mão pro Erik. Calima e a moto dele, guinchando. Nós dois com barro nas botas até a metade da coxa. — Se eles vão morrer, pelo menos já tão com Deus. Volta e avisa os caras.

Erik disparou a moto, foi achar o resto do bando, logo atrás. Chacoalhei a água do cabelo, igual a um cachorro. A chuva fininha parecia formiga caindo do céu. Dei um pontapé na porta. O eco fez minha porrada parecer maior. O padre no altar, ainda sem batina. Era cedo demais.
— O que aconteceu?
— Quem faz a missa sou eu, padreco. Tem médico nessa porra de lugar?

Ele chegando devagarinho. A pivete que acendia as velas pra ele se escondeu atrás de um santo. Falei com ela:
— Neguinha, vem pra cá que eu já te vi. — Torcia o cabo do mutchaco. Berrei: — Como é, tem médico ou não tem?
— Não, não tem. Só na cidade, a 50 quilômetros daqui.
— Puta que pariu...

— É uma emergência? Eu costumo ajudar neste tipo de caso... — Cabelo branco, sotaque italiano. Dois olhões azuis na minha cara. Eu devia parecer o Monstro de Barro; mastigava pedrinha entre os dentes enquanto falava. Cortei o papo dele.
— Vai ter de ser, padreco. Vai ter de ser.

Lavagem estomacal: dava embrulho ver eles fazendo aquilo. Primeiro, enfiaram uma água de lavagem boca adentro do Krill e do Strong. E aí vinha a vomitada verde, marrom... Até sangue. O quarto do padre fedia igual a uma lixeira. O pessoal estava espalhado pela casa e pela igreja. Eu não saí do batente da porta.

O Bern na dele, exibindo os dois meses de Medicina que fez. E o padre. Tinha de dar o braço a torcer: o padreco ajudava pra caralho. Topou botar a pivetinha pra afugentar os fiéis. Topou ficar quietinho, até deu dica pra esconder as motos. Topou ajudar os caras.

O vomitório acabou. Virei a cara pro lado. Ar fresco. Da janela, via a vilazinha, cinco quilômetros longe da igreja. E olhei pra eles, de novo: Krill estufado, barriga d'água. O Strong, brancão e pelado, parecia um frango.

E aí o padre transou um banho neles de toalha molhada e quente. As calças cagadas ele mandou a crioulinha lavar.
— E aí? — perguntei pro Bern.
— Vamos ver. Parece que o efeito da *Amanita*... Ô merda, não tô me lembrando direito, mas o ácido ebutênico é...

Ele devia ter cabulado aquela aula. O padreco interrompeu:
— Tiveram sorte. Sem a lavagem estomacal, não sei se chegavam na cidade.

Ele tirou a camisa, procurou outra no armário. Barrigudo, devia se tratar bem. Fez um sinal pra gente sair do quarto. Fechou a porta.

– Eles precisam dormir.

Sentei numa cadeira, lá na copa. Acendi um cigarro. O santo vinha abotoando a camisa. No sossego. Até sorriu. Ou era tapado ou confiava na Humanidade.

– Eu usei casca de cássia. É um vomitório forte. Acho que eles vão se salvar.

– Tomara, padreco. Tomara.

O cabelo-branco sorriu de novo. Enfiou a camisa nas calças. A mina botou o olho na gente, da cozinha. Parecia que olhava pra bicho.

– Por quê? Se eles não sararem, o que você pode fazer?

– Botar fogo na igreja? – Assoprei a fumaça na cara dele. Ele afastou a fumaça dos olhos, sentou perto de mim. Me olhava bem na cara. Não tem homem que me olhe bem na cara.

– E vocês fariam isso?

– E por que não? – Esmaguei o cigarro na toalha de rendinha. Ele acompanhou meu gesto e nem se mexeu.

– Quantos anos você tem?

– Dezoito. – Cruzei os braços.

– E você? – falou com Bern.

– Eu? Dezenove.

– E você? – perguntou pro Erik.

– Cacete, agora é preencher ficha, crediário?

O padre não respondeu. Passou a mão no cabelo, me olhou.

– Você está louco pra eu ter medo de você. Mas eu não tenho. E sabe por quê? O que eu conheço de *bambini*... Cinco anos de Pastoral do Menor. Garotos...

Cortei o barato dele.
– Garoto o cu da tua mãe, tá? Discursinho de veado você faz no Natal, tá? – Me levantei, a cadeira caiu. O padre só olhando. Fervi. – E vai te foder, vai ver os caras. Sai de perto de mim! – eu berrei.
Falei isto, mas na hora que tava falando eu sentia que não botava toda a força que devia. Alguma coisa não tava muito bem. Eu só não sabia direito o quê.

Asfalto lascando, poça d'água fazendo *ziiiiip* quando pneu batia. Minha moto a mil, o pessoal perto. A gente se dividiu em três turmas: Hofer, Strong, Erik, Ivo e Ulik junto comigo. O Ulik deu um sinal, pedindo pra estacionar. Tardezinha, sol no fim do mundo.
Tirei o capacete, limpei a garganta com um dos vinhos do padre.
– Você tá legal, Strong?
– Tudo bem.
Legal mesmo. A tremedeira tinha parado, roupa lavada, pronto pra outra. Foram só uns dias de férias.
– O padre foi jóia com a gente.
– O cacete. Não queria que a gente botasse fogo na igreja. Nem fodesse a carne fresca dele. Ou acha que a pivetinha não vai ser a comida dele, daqui a um tempo?
– Porra, Gurka. Você também...
– Eu o quê, hein? EU O QUÊ? – Agarrei o Erik pelo blusão.
Puta que pariu, por que eu tava tão nervoso? Era um latejo desde que a gente entrou naquela maldita igreja. Agora o Erik se encolhia, sem saber por que eu queria bater nele. Empurrei

o cara no chão, entrei num mato perto da estrada, fui entrando, chutando grama, empurrando galho, atolando bota no barro. Bem longe. Encostei num tronco, a respiração forte. Cacete, cacete! Vi os caras lá na estrada fazendo gesto. Falando mal de mim, não é, sua besta? Cagão. Como é que você me larga o padre assim, na maior? Até "obrigado" o Strong falou. E eu nem aí. Não fiz nada. Nada. Minha vontade era dar um murro na minha própria boca. Palhaço.
– Gurka! – me chamaram lá da estrada. Eles que vão se foder. Não sabem quando um cara quer ficar sozinho?
Mas pintou o assobio do Erik. Dois longos, um curto. Sinal de perigo. O resto do bando já tava todo lá. E eu comecei a voltar. Nem sabia o que era, mas se era perigo era bom, porra! O bando em volta de alguma coisa no chão.
Esse alguma coisa era o Krill. Caídão na areia, maior tremedeira. Mais verde que nunca. A barriga dele deu três chacoalhões para o alto, abria a boca como se uma cobra viva fosse sair de dentro dele. Um peido, um arroto. E morreu.

– Apaga o farol.
Paramos perto da igreja. O único barulho era de grilo. A luz, só a da lua.
– Será que ele não chamou a polícia? – cochichou o Ivo.
O cu. O veado é metido a bonzinho. Deve estar dando risada de ter fodido a gente e a gente nem aí.
Ulik ficou com as motos na beira da estrada. Eu, Ivo e Grieg chegando de maneiro até a igreja. A casa do padre era atrás. Andando devagarinho. Eu tava excitado, era engraçado, de um

jeito diferente. Esse bosta de Deus sabe fazer as coisas – eu vinha consertar aquilo que tinha deixado pra trás.

Girei a fechadura por girar. Aberta. O filho-da-puta confia na Humanidade.

– Ivo, abre a porta dos fundos da igreja. Daqui a pouco eu tô lá.

Eu e Grieg subindo escada. Tudo bem escuro, a gente ia mais pelo tato. "Gurka", ele me pegou no braço e apontou. A crioulinha dormia no sofá. Fiz ok com o dedo, ele cuidava da menina. Eu queria o padre.

Abri a porta do quarto. Dei uma geral. O veado dormia de boca aberta e de cueca. A luz batia em cheio na cara dele, janela aberta. Todo aberto, veado. PAZ NA TERRA AOS HOMENS DE BOA VONTADE. Pulei no pescoço dele. Fez *aaaaaaaargh* e não conseguiu dizer mais nada.

O Ivo estava acendendo as velas quando cheguei na igreja. Puta clima de cinema, luzinha azul e penumbra. Joguei o padreco no chão, todo enrolado no lençol. A boca tapada com força. Ele tentou se mexer, mas só conseguia rolar feito minhoca. Encostei uma vela na cara dele. O olhão azul brilhou mais.

Ajoelhei. Catei a cara dele e a virei pra mim:

– Foder um gurka dá uns cem anos de perdão, hein? Como foram dois, são duzentos. Pois é olho por olho, padreco. Grieg!

Apertei as bochechas do gorducho e virei pro outro lado. A pivetinha já tava pelada, só um pano tapando a boca. O Grieg segurava a mina pelos braços. Virei de novo a cara dele pra mim.

– Um dia ela tem de começar, padre. Já tem o quê? Catorze anos? Tá até ficando velha. A Claudinha-morena-gostosa só tinha quinze e dava mais que piranha. Grieg! É pra você.

O Grieg tava doidão pra isso. Adora cabaço. Segurei o corpo do padre de jeito pra ele enxergar bem. O Ivo levantou mais os castiçais. Luzes, câmera, ação!

– Pois é, padre – me agachei, no ouvido dele. – Sei que você queria o cabaço. Paciência. Não pegou filé mignon, fica com o osso...

O Grieg se ajeitava. Cuspiu no pau, cuspiu no dedo, e foi metendo o dedo antes, um cacetão de vezes. Depois de um puta tempo conseguiu enfiar o dedo. Quase gritou de alegria.

– Goza baixo, porra! – eu falei. Se ninguém viu a gente antes, também não queria ninguém agora. Virei pro padre. Era a vez dele. A festinha precisava de mais gente.

Desenrolei o filho-da-puta de uma vez. Rolou no chão, tentou levantar. Dei uma botinada no peito, ele rolou de novo. O Ivo foi do outro lado. Futebol de padre, mas tudo de leve. Ele só ficou sujo. E suado. Fiz um sinal pro Ivo e agarrei os braços dele. Quando o padre percebeu, arregalou o olho. A cruz do altar era feita de encomenda. Joguei o cara em cima da madeira.

– Segura aí, Ivo. – Ele agarrou num braço do padre. Eu catei o outro. E aí acho que o veado ganhou a força dos céus: puxava o pescoço pra cima, fazia "uuuuuuuuh", chacoalhava as pernas. Subi com o joelho na barriga dele, estiquei de vez o braço esquerdo na cruz.

Cacei meu estilete na bota, a ponta bem no meio da palma. Só encostei. Tinha de ser bem no meio, nada de osso ou coisa assim. Fiz mira, dei um murro no cabo. O padreco fez "uuuuuuuh" de novo, mais forte, a respiração dele tentando escapar do pano que tapava a boca. A ponta entrou um centímetro, redondinha. O sangue não esguichou. Começou a sair devagar, pouquinho.

— Passa o prego, Ivo.
— Que prego?
— Cacete, não te falei pra arrumar prego?
— Falou o cu.
Se não sou eu pra tudo... Grieg se ajoelhou do meu lado. Mandei ele rasgar o lençol.
— Que pena, padreco. A gente vai ter de improvisar. — Grieg me passou uma tira do lençol. Fui dando nó nos pulsos, Ivo amarrando no outro braço, os pés juntos. A cara vermelhona quase estourando debaixo da mordaça.
Difícil foi levantar a cruz com o padre. Muito mais pesado que o Cristo de gesso. A madeira fez *crac*, não cabia no altar. O jeito era encostar mesmo na parede, meio de lado.
Ainda não era um belo Cristo. Faltava alguma coisa.
— Faz cadeirinha. — Ivo e Grieg me levantaram. Catei a ponta do estilete e fiz aquele talho perto do coração. O padreco soltou "uuuuuuuh" de novo.
— E a mina?
— Amarrei na gaiolinha — falou o Grieg.
— Aquilo é um confessionário, sua besta. Nunca fez primeira comunhão?
— Eu sou muçulmano. Melhor, eu era. Agora sou gurka. — E riu.
A luz começou a pintar nas janelas. Madrugada alta. Ia clarear já, já. O padreco tentava erguer o pescoço, olhar a gente. Não vai mais esquecer, veado. Pode reclamar pro bispo. Nunca mais iam ver a gente por ali. Do que ele chamou a gente? *Garotos...* Gurka não é garoto, porra. Se existisse um inferno, vendia minha alma só pra comer o cu de Deus.

– *Adiós*, padreco. Se puder, reza pela minha alma. Ele caiu o pescoço de vez. Quando dei uma botinada, a porta fez aquele puta eco.

– Enterro viking. Tem de ser bem bonito. Cruzamos com o pessoal longe, longe pra caralho dali. Tudo pronto. Só esperavam a gente. O Krill e Strong com suas armas amarradas nas motos. De bota e capacete. Até pareciam vivos. Todo mundo quieto. Um bocado de madeira em volta das motos. Dez litros de gasolina, ensopou tudo. Eu falei primeiro, sei lá, coisas de valentia, de ser gurka e morrer na luta. O Ivo chorou o tempo todo. Só resmungava "por que aquele veado fez isso? Salvar os caras e depois foder eles?"
Era só acender a fogueira.
E dez metros de fogo levando os caras pro céu. Primeiro, o Strong caiu da moto dele. Depois, o tanque de gasolina do Krill estourou. A gente ficou numa colina até o fogo se apagar. De madrugada ainda vinha labareda. Era paz eterna. De guerreiro.
Vida nova pra quem continua. De manhã, juntar pessoal, tirar no palitinho quem-com-quem. Férias de amor por uma semana. Eu saí com o Ivo e o Bern. Arrumar depressinha as coisas, se mandar.

– Gênero *Amanitas... bispo...*
– Tá rezando, Bern? Bispo porra nenhuma, foi padre.
– Não, Gurka. Lembrar o nome daquela bosta.
– Que bosta?
– Do cogumelo!

— Você ainda tá nessa de cogumelo? — Guardei o mapa no bolso, cidadezinha a 500 quilômetros dali. O Bern trepou na moto dele. Eu também montei na minha.
— *Amanita Bisponígera!* — deu um grito, todo feliz.
— E morde?
— É isto, Gurka. Lembrei. O cacete desse *Amanita Bisponígera* parece com os que dão barato. Mas te fode. Primeiro, dá o que eles tiveram: vômito, náusea. E aí sara. Bonitinho, sozinho. De três a cinco dias depois, volta tudo e mata. Já fodeu o rim. Não foi o padre, Gurka. Eles iam morrer de qualquer jeito.
Parei de acelerar, olhei bem pra cara dele. O bosta, todo sorridente. Isso lá é hora de lembrar de aula de Biologia?
— Pois se você falar isso pra alguém, quem te faz cagar até o cu sou eu. E não espero de três a cinco dias, falou?
O Ivo estava chegando. Ok. Cada um pra seu lado. Tchau e bênção, dei uma de padre. A gente merece umas férias.

O que mais me deixa puto nessa vida é ver homem fazendo papel de trouxa. Principalmente por causa de mulher.
  Joguei a bituca na areia e enterrei com o calcanhar. O pessoal na alegria de praia, até futebol saía. Mas minha brincadeira era vigiar o Widow. Não é que o veado levava um papo com uma loirinha magrela e tudo na maior das gentilezas? Gurka não canta mulher – gurka trepa, come, fode.
  Até pagou sorvete pra ela. E eu é que não vou deixar este corno desmoralizar o bando.

– Vamos descolar um rango?
– No camping a comida tá uma bosta. Eu quero churrasco.
Ulik, Killer e Ivo se tacavam areia e caíam n'água. O resto já dava fim na partida de futebol. Só o Widow que nem enxergava o mundo, deitado na areia, pegando em mãozinha de garota.
– A gente se vê no Bifão. Lá mesmo bota a roupa e se manda. Eu ainda vou ficar aqui.
O pessoal se mandou. Eu, de olho no Widow e na garota. Caprichei em mais um rabo-de-galo e fui dando tempo. Os dois trocaram beijinhos e, devagar, caíram na água. É agora.
– Qualé, Widow? Não apresenta?
Baixou os olhos. Água até o peito, a mina deu uma risadinha. Era sardenta e tinha o olho bem azul.
– Oi. Eu sou a Rita. Você é amigo do Carlos?
Puto. Até o nome verdadeiro ele deu.
– Eu sou o dono, gatinha. O "G" do braço dele. Não é, cara?
Ficou quieto. Nós três boiando no mar sem onda e ela desmanchou um pouco o sorriso. Olhava de mim pra ele. O

porra, quietão. Já quatro da tarde, a praia ficando vazia. Até os quiosqueiros se mandavam. A hora certa.

— Como é, Widow? Não vai dividir a carne fresca? O que é de um é de todos.

— Não é nada disso, Gurka. É só papo.

— Pra você pode ser. Pra mim, não.

— Do que vocês estão falando, hein?

— Disso, gatinha.

Tirei meu calção e joguei pro Widow segurar. Ela soltou um "ei" e eu catei a mina pelo braço. Enfiei os dedos pela xoxota dela e arranquei a parte de baixo do biquíni.

— Você tá louco, socorro!

Apertei o pescoço dela, a gente ficava flutuando na água, mas consegui apertar minha mão por baixo da bunda da mina e puxei. O Widow não falava nada.

— Cala a boca e colabora. — Apertei mais o pescoço dela. O olho azul arregalou. As pernas afrouxaram um pouco. Pena que não dava pra ver a boceta, água escura. Meu pau duro, mas sem lubrificação. Tive de ajudar com os dedos, enrosquei a mão nos pêlos da xoxota dela, ajudei a enfiar, a meter. Puxei a bunda da mina de uma vez. Acabou entrando.

Soltei o pescoço dela pra me ajeitar e ela tentou gritar de novo. Vaca! Afundei a cara daquela puta no mar e deixei — um, dois, três, quatro... longos segundos. As mãos dela se debatendo.

Levantei a cabeça da sardenta e ela cuspia água, amoleceu o corpo. E fui fodendo, fui, fui. Não deu pra gozar, na água não dá. Mas isso não tinha importância.

— Me dá o calção.

O Widow largou o meu calção boiando e correu pra praia. Gritei:

– Não quer se servir? – A mina vomitava água. Enfiei correndo a roupa e fui atrás dele. O bosta do Widow já tinha alcançado as motos. Agarrei o braço dele bem na tatuagem do "G". Virei a cara daquele merda pra mim.

– Escuta aqui, veado: deixa de fazer cagada e saca que você é um gurka. Gurka não faz papel de trouxa com mulher. Mais uma dessas e te corto o pau fora, sacou?

Sacou bem demais. Deu um tempo legal, me tratando bem, pra me pegar na traição mais filha-da-puta que podia.

Bem que a Calima avisou. A gente descia um morrinho de areia gritando que nem o diabo, e minha moto guinou. Mas nunca que eu ia lembrar do Widow.

Pra gente, uma puta novidade: um bando de macumbeiros em dois ônibus de excursão. Eu nunca ia perder uma dessas, a praia com uma fogueira de um metro e tanto. A galinhada de saia branca e rodada. E a gente chegando de moto, no berro e no mutchaco. Dei um pontapé na bunda de uma mãe-de-santo velhota, que caiu focinhando a areia. Botei a roda da Calima esmagando a risca de flores no chão. Fui esmagando aquela trilha cor-de-rosa e usei o mutchaco pra degolar uma Iemanjá de louça.

O Bern caçava três crioulos no fio d'água. O Hofer jogava a roda da moto numa santa em transe, que caiu que nem uma árvore e continuou dura e preta na areia. Barulho fodido e bom. As fogueiras deixando todo mundo com cara de inferno. O Hobert buzinava no ônibus dos farofeiros. Uma festa. Mas eu sabia que logo eles percebiam que a gente era uma porrinha de cara e iam encrespar.

Ia gritar a saída e me fodi. Vi o Widow chegando, mas não vi a cara dele: se eu visse, ia sacar que o mutchaco dele tava girando pras minhas costas. Me virei. A porrada pegou bem no meio. A Calima caiu. E ele gritou do meu jeito:

– VAMBORAAAAAA! – Acelerou.

Cacete. Foi duro respirar com a porrada. Enchi o pulmão de ar, barulho das motos mais ao longe. Ninguém ouviu nada. Eu, cheio de areia até o cu. Levantei a moto – puta que pariu –, cinco negrões vindo de cada lado.

Marquei a acelerada. Já!

Um deu um pontapé num pneu.

Outro me puxou pelo capacete e quase me arranca a cabeça.

Vi a sola de um pé na minha cara, gosto de sangue, rolava e desenrolava levando porrada – doeu nos dentes, doeu nas costas –, tentava esconder a cara e o saco. Uma porrada na nuca. Apaguei de vez.

Abri os olhos e a primeira coisa foi a dor nos joelhos. Foi o ziiiiiiiiiiim nas orelhas. Foi a baba saindo da minha boca e caindo no chão. Chacoalhei a cabeça. Ainda devia estar de bode, mas não. Ponta-cabeça, as fogueiras brilhando na minha frente. O vento arrepiava do meu saco até os braços; tentei enxugar a baba com a mão, a mão amarrada, os pés também. Eu estava pendurado, que nem frango, num toco de pau-de-arara.

E vomitei sangue. Melhorou a vista, só um olho com um ponto azul. E vi melhor uma das fogueiras: era a Calima, derretendo pintura vermelha e fedor de lataria. Pelado e fodido. Dessa eu não escapo. Não via direito, mas sabia que os filhos-da-puta estavam lá. Não me mataram de vez porque vão me foder mais um pouco. A parte de trás dos joelhos era carne latejando e os pulsos também. Sei lá há quanto tempo eu já estava espetado. O pescoço se encheu de formiga e de alfinetes, larguei a cabeça. Vi, pelo meio das pernas, o meu pinto frouxo, na direção do chão. Vão me capar, pensei. Que me enfiem uma bala na cabeça, me botem na fogueira com a Calima, mas capado não. Se sobreviver, eu mesmo me mato. Não sou porco, nem galinha, porra. Morrer como macho.

Pensar, pensar, pensar: latejei pra mim mesmo, junto com a dor, e apertei os dentes. Minha garganta se encheu de sangue – um caco de dente no fundo da boca me rasgou a língua –, porra, tão fodido que nunca ia sacar cada dor em separado.

Tentei puxar os braços – fiz força –, só consegui soltar um peido. Deram risada atrás de mim. Filhos-da-puta. Senti uma sombra chegando. Forcei, levantei a cabeça: o olho vermelho quase encostou no meu olho. Uma fumaça fedorenta me encheu a cara, tonteei, e a tossida fez doer do pescoço ao cu. A fumaça se afastou, fechei um olho pra ver melhor: uma mulata de corpo envergado e andar de velho pitava um cachimbo e botava a cara feia em cima de mim. Sua vaca. Olho no olho um puta tempo, até o pescoço doer e minha cabeça cair.

Grunhido de bicho, a macumbeira resmungou uma porrada de coisa.

Vão me matar? Foi-me fumaçando da cara aos culhões até os pés. Barulho de atabaque. Cantoria. O ziiiiiim na cabeça se misturava ao tantã. Botei força pra arrancar a corda, me revirei todo, ponto azul de dor na cabeça. Suor na testa, mesmo com um frio de lascar.

 A cantoria parou. O silêncio latejava. A vaca levantou os braços, olhava pro céu. Todo mundo olhou pro céu. Eu bem queria enxergar a lua, cacete, pelo menos morrer que nem um condenado – olhando quem te mata, frente a frente, a última lua.

 O esforço só fez a baba sangrar mais. Minha barba encharcada e dura de sangue. De ponta-cabeça via a mancha escura embaixo de mim. Suor é que não era. Eu sangrava inteiro.

 Pelo meio dos pés e do cacete molenga, vi dois negrões chegando. Um carregava um facão. É agora. A cabeça sozinha fez o barulho do atabaque. É agora. Vão me cortar a cabeça. Fechei os olhos. "Mefodi, mefodi, mefodi." A música aumentou. Cantavam, veados. Apertei os pulsos, sabia que tinha um negrão de cada lado. Apertei o pulso, os olhos, os dentes.

 É agora. A macumbeira gritou. O facão tiniu – zum! – É agora!

Todo o meu corpo caiu do lado esquerdo. Póu! Outra porrada. Afocinhei de cara na areia.

 Frouxo, saco vazio. Formigas me mordendo a perna, o pé, o pescoço, a bunda. Mas estava vivo.

 E sem conseguir pensar: foram pegando no meu corpo que nem um monte de merda. Mão de criolo me virando de frente, amarrando os pés e as mãos juntos. Me deixaram pequenininho, todo torto. Os dentes começaram a chacoalhar. Frio de foder e eu pelado. Fechei um olho e ergui a cara: cagada, não tem nem lua nessa porra de noite escura.

Outra mão me passou uma corda no pescoço. É isto. Vou virar Tiradentes, cacete. Enforcado. E depois esquartejado, salgado e virar comida de peixe, urubu. O idiota aqui só não lembrou onde é que os filhos-da-puta iam arrumar uma árvore na praia.

Na outra ponta da corda tinha um macaco de automóvel. Botaram o ferro em cima de meu saco, todo murcho e azulado. Porém melhor que capado.

Me cataram que nem um pacote, um brinquedo, um velhinho. A cabeça foi virando. Não desmaie, seu merda, se concentre na cabeça. Nem que seja pra ter raiva. Força. Chacoalhei, mesmo com aquela dor de foder, a cabeça de um lado e do outro, que nem num navio, balançando de trás pra frente.

Um bote. Me jogaram num bote cheio de flores. A macumbeira gritava e saía saliva do canto de sua boca. Um trovão fodeu o céu. Porra, a chuva não foi sempre minha amiga? Traição. Se pego o Widow enfio ferro no cu dele. Já não controlava os dentes, castanhola doida. O corpo inteiro ficando azul e o sangue formava uma casca suja junto com a areia.

O sangue voltou a ferver quando eles jogaram álcool em volta do pano na beirada do barquinho.

É isto. Puta que pariu, é isto.

– Filhos-da-puta! Bando de negro do caralho! – Virava o corpo, tentava me jogar daqui e dali. E o barquinho entrando na água.

Dois crioulos acompanhando o barco, um terceiro com uma tocha. A água chegando no peito dos caras. Eu sentado com o ferro me amassando o saco. Virar torresmo e comida de peixe.

– Filho-da-putaaaaaaaa! – berrei na orelha do veado. Ele nem se mexeu. As veias estourando nos pulsos, latejo e sangue saindo dos dedos.

A tocha chegando até o pano. Fogo. O barco inteiro virando uma fogueira. Os caras me empurraram, a correnteza foi puxando. Fechei os olhos, apertei dentes, forcei tudo que eu podia.

– GURKAAAAAAAAAA! – É agora. Juro que não pensei, cacete, o que eu não queria era morrer assado e ficar quietinho: meti os pés no fogo e foi queimando, o gurkaaaaaa virou berro, virou dor, inteiro eu fervia, inteiro eu suava e mijava e me cagava, o vermelhão do fogo me crespando a barba, era inferno ou era mar? Cacete, cacete, agora... Botava força nos pés e chacoalhava o barquinho, e sei que a corda foi afrouxando.

O calor nos tornozelos e depois a água gelada. O macaco me levou direto pro fundo. Diretão. Mas pelo menos estava com os pés e as mãos livres.

Porra, viver é mais forte que qualquer dor. Encostei os pés no fundo e forcei pra subir. Agüentei no pescoço o peso do macaco, a cabeça subindo, mais força e...

Ar, ar, ar, ar. Puta que pariu. Ar. Estou vivo. O macaco me puxou o pescoço, segurei com uma mão e de novo empurrei os pés pra cima. Fui batendo os pés e respirando.

E pensando. Sair dessa. Já não sou mais comida de peixe. Pense, animal, estúpido, pense. O barco tinha emborcado e tava lá longe. Lá na praia a cantoria continuava. Os negrões tinham saído da água, o mar era só meu e a noite tava escura. Escura? O cu. Ia vermelhando lá no horizonte. Vou me foder por causa do sol. Na água ficava mais fácil segurar o macaco em uma mão e ir dando pulinho e nadando. Os filhos-da-puta ainda podiam me pegar.

Sair dali. Fui a nado, fui a pé, botando força nas pernas e carregando meu macaco mar afora. A porra do céu ia azulando depressa. O olho mal enxergava e parecia ver um crioulo atrás de cada onda, cada nuvem.
Saí da água quando a cãibra ameaçou. Caí na areia. Puta que pariu. Estava vivo. Mas eu era uma escarrada do mar.
Os tornozelos fora d'água ardiam pra cacete, músculo exposto, latejando. O estômago se encolhia – tão gelado que ou eu morria de frio ou algum banhista me levava pra cadeia.
Pra piorar, de repente, a luz de um farol.
Cacete, são eles. Esta merda ainda não acabou. Agüenta, Gurka. Morre, mas leva alguém junto. Dá uma porrada com o macaco na cabeça dos crioulos.
O sangue que ainda restava botei pra levantar os pés. Ajoelhei. Levanta, Gurka. Eu era uma merda, um trapo. O olho bom não enxergava direito. O outro tão inchado que fechava sozinho. *Ziiiiiiiiiim* nas orelhas. Faróis batendo na minha cara. O motor parou. Fiz força pra me botar de pé. Bêbado, dois passos aqui, um ali, caí de quatro. Nem conseguia levantar.
Bateram a porta do carro e o farol continuava na minha cara. Um vulto veio chegando. Agora o horizonte mais azul. O

ziiiiim nas orelhas. O cara chegou do meu lado. Pelado e de joelho, fodido.

    Tentei pelo menos olhar a cara do veado. Ele deu risada. O *ziiiiiiiiim* nas orelhas se misturou com a risada. Fechei mais o olho e mirei. A cara dele virava três. Foi juntando, juntando, virou uma só. Ânsia de vômito.

    Ele agachou. Olho no olho.

    – Como foi difícil te encontrar, hein, Alberto?

    E eu apaguei de vez.

Até as putas torciam a cara quando me viam. O médico-fazedor-de-anjinho me remendou como podia e eu continuava uma ferida exposta. Com sedativo não doía. O que latejava mesmo era vingança. Era ódio.
Tinha de andar descalço pelo inchado nos tornozelos. E o único feliz naquela história toda era o Garcia, rindo com o dente de ouro e contente de me ver fodido. Eu nem virava o corpo pra direita, pra não ver, no espelho do puteiro, a coisa roxa e vermelha que minha cara tinha virado.

– Doze horas de sono. Doze horas de sono – repetiu. Falava sempre em repeteco, como se todo mundo fosse surdo. – E agora a gente pode conversar. Marlene, me vê aí uma cerveja.

Eu quieto que nem peixe. Que nem peixe, preso na rede. Lembrava do calor, do pesadelo, da Calima queimando e eu girando no meio de um bando de crioulo. No meio disso, a risada dente de ouro do Garcia e, de manhã, o médico. O Garcia se apresentando Garcia.

Marlene trouxe cerveja e dois copos.

– O menino não. Ele não pode, Marlene. Com antibiótico nada feito, Alberto.

O cu. Peguei a cerveja. Garcia segurou a minha mão.

– Você não quer continuar vivo?

– Depende. Se é pra mofar na cadeia ou virar presunto daqui a pouco, por que não agora?

– Mas que idéia você faz de mim, Alberto! Por acaso isso aqui tem cara de cadeia? – Apontava as moças como se fosse gigolô delas. Era um casarão de madeira, pela porta dava pra ver que era meio mato. Uma puta mais feia que a outra. Mas cadeia não era. – Então, Marlene. Traz guaraná pro garoto. Guaraná. E vamos bater um papo.

Barrigudo, cinqüentão. Brilhantina no cabelo. Bem que eu podia dar uma porrada nas banhas dele e me mandar. Mas não com os pés daquele jeito. Peguei a tampinha da cerveja e fui esmagando o ferro com os dedos.

– Você é o Gurka, não é?

Apertei a tampinha entre os dedos. Foi amassando.

– É sim. – Ele riu. – É você. E onde está o bando?

– Você sabe muito bem que eles me foderam.

– Todos eles?

– Que é que você quer saber, hein, cara? Quem é você, porra? – Não gosto de esconde-esconde. O Garcia adorava. Noite chegando, pernilongo pra caralho, grudando no suor da gente. As putas sumiram nos quartinhos.

– E quem você acha que eu sou?

– Gigolô?

– Que falta de imaginação, Alberto! Sou um velho amigo das meninas, só isso. Trabalhei muito nesses lados quando tinha de caçar gente muito mais perigosa do que você. Verdade. Puteiro é o melhor lugar do mundo pra esconder alguém. Ninguém faz pergunta em puteiro. – Virou o copo de cerveja, deu um arroto de leve, tapou a boca. De repente, murchou o sorriso e começou a falar sério.

– Leonardo Wolfspiel. Conhece?

– O Hofer. E daí?

– E sabe quem é o pai dele, não sabe?

Claro que eu sabia. Todo mundo sabia.

– Então. O velho ficou maluco quando o filho dele sumiu. Maluco. Não queria polícia e muito menos imprensa caçando

vocês. Tudo na discrição, entende? E aí ele me chamou. Eu já fui de confiança, muita confiança, de amigos dele. E sou bom pra achar gente. Não achei você?
Hofer, filhinho de papai. Dei risada.
– Achou e vai levar o menino de volta pro bom caminho.
– Mas não é só isso: também é pra dar um tiro num filho-da-puta chamado Gurka, que arrastou o filho dele.
Esmaguei um pernilongo no meu braço. Garcia me emprestou uma camisa que sobrava na barriga e tive de rasgar no braço. Olho no olho.
– Então por que você não me passa a cerveja? Se é pra me foder, dá o último desejo.
Ele riu riu riu. A cara até ficou vermelha de tanto rir. Enfiou a mão no cinto, afastou a cadeira. Ficou me olhando. Puta que pariu. Acabei desviando o olho. O pai do Leonardo devia jogar uma nota preta na mão dele. Que é que eu tinha pra dar? Meu velho até ajudava na vaquinha pra ele me dar um tiro de vez. Brincar de gato e rato, só isso. Ou então até eu entregar o bando.
– Vai ver você pensa que eu sou burro. Mas eu tô lendo direitinho o que você tá pensando. – Outro arroto, pôs a mão na frente. Duas das putas apareceram, já ajeitadas pra noite. – Eu não vou mais matar a galinha dos ovos de ouro, garoto. – E me fez um sinal com a mão. Começava a pintar freguês. Tinha uns quartinhos de madeira no quintal, porta de cortina, lá nos fundos. Trepada rapidinha. Ele entrou num dos quartinhos, me apontou o outro. Arrastei meus cascos como podia. Tinha de andar de perna aberta com tanto curativo. Sentei lá, cortina aberta, noite abafada. Se eu estivesse legal, porra, era só pular o muro, liberdade, adeus, puta que pariu, adeus...

Veio uma mulata atrás da gente, entrou no quartinho dele. Atrás dela, uma falsa loira. A última coisa que eu queria era trepar.

— Alberto, Alberto... — Que prazer o filho-da-puta tinha em falar meu nome. — Um cara que nem você era o que faltava fazia vinte e tantos anos... Eu já fui importante, Alberto. Importante mesmo. Ajudei a pegar terrorista e fazia com eles coisas de nunca se esquecer... — Barulho de tirar roupa, risadinha abafada. Olhei tão feio pra minha puta que ela murchou o sorriso, continuou de pé, na porta. Ele puxou a cortina dele, mas continuou falando. Dava pra ouvir pela parede de madeira.

"Tanta importância e depois esquecem da gente. Eu era guarda-noturno quando vocês apareceram. Agüenta essa? Usando bonezinho em porta de loja." Grudei o olho numa lâmpada na porta de trás do puteiro. Umas trinta mariposas queimavam as asas na lamparina. A puta me viu quietão, fechou a cortina, sentou-se na cama. Ainda meio longe de mim. Continuei parado. Barulho de cantoria de sapo. Puta calor. Passei a língua no bigode.

"Gostei de você, Alberto", ele continuou falando, barulho de zíper, sapato. "Teu jeito de escapar de morrer assado...", gargalhou. A puta dele também riu. Parece que meus pés arderam mais quando ele me lembrou. "Se eu não aparecesse...", parou a frase. Barulho de beijo, chupação.

— O que você quer que eu faça? — perguntou a puta.

— Cala a boca — respondi.

Do outro lado da parede:

— Se acalma, Alberto. Eu acho que a gente ainda vai se dar bem.

A puta foi chegando perto de mim. Encostei a cabeça na parede. Cansado. O meu pessoal me abandona pra eu me foder. A pior de todas as coisas é não conseguir tomar conta da gente sozinho. Minhas coxas estouravam o pano das calças do Garcia. Desabotoei a camisa que ele me deu. A puta se animou. Gurka, seu bagulho escroto, sua cara é uma merda, seus pés estão que nem cabem em chinelo, um olho talvez fique cego, três dentes estão fodidos. Mas está vivo. E talvez nem isso por muito tempo.

E ainda trepar com uma puta feia. Olhei pra ela: sorriu fechando a boca – devia ser banguela. Abri meu zíper. Os dedos dela foram tão depressa pro meu cacete como se ele fosse de ouro. O dente de ouro do Garcia dava pra pagar uma passagem. Podia arrebentar a cara daquele bosta e vender o dente. Ouvia o fuque-fuque dele ao lado.

– Me chupa, porra. Vai.

A puta agachou de jeito pra não derrubar a peruca nem amassar a roupa. Eu queria um baseado. Queria tempo pra pensar. A puta tinha estilo. Subia e descia a mão no meu pau, deixando a cabeça coberta pela pele e depois inteira à mostra. Foi fazendo isso com a boca, garganta de ouro. Sempre ouro.

A cara do Garcia puxou a cortininha. Sorriu e ficou olhando a puta me chupar.

– Pode sossegar que as meninas aqui são limpinhas. – Era desculpa. O que ele queria mesmo era ver o meu cacete. Não escondi. Olhei feio pra ele.

– O que você quer? – A puta acelerou o sobe e desce na chupação. Garcia não sorriu. Passou a língua pela boca. Eu só via a cara dele, meio que escondida, no escurinho. A puta estralou a língua sem querer. Garcia respirava forte. Não olhou pra minha cara. Tirou a mulher de cima do meu cacete. Ela começou a agradar meu peito. Meu pau duro apontava pra cara do Garcia, e ele olhando.

E pegou no meu pau. Segurou forte. Eu não me mexi. Era como se estivesse amarrado. Os meus pés pareceram maiores, latejando. Garcia vinha pelado e o cacete dele começava a ficar duro. Não largava do meu pinto. Estava escuro, mas o dente e os olhos dele brilhavam. A puta me lambia o peito, apertava as unhas nos mamilos, fungava na minha orelha. Garcia se ajoelhou do meu lado, soltou meu pau. Exibia uma bunda branquela, mole. Fungava. O cu era roxo. Eu queria ter meu estilete agora. Enfiava no cu daquele porra. Mas estava desarmado. Só tinha meu cacete duro. Ele falou "vem". Segurei a mão da piranha. O cu escuro me esperando. Agora! Enfiei os dedos da puta no cu dele.

Ele pensou que era meu pau, soltou um "aaaaaah". Veado de merda. De merda. A puta foi metendo nele. Me ajoelhei com cuidado para não machucar os pés. Cuspi na mão, lubrificando o pau. O Garcia gemia com voz fininha. Filho-da-puta. Fechei os olhos. Eu vou te rasgar o cu. Eu devia te bater, escroto. Apertei os dedos no pescoço dele, risquei as costas banhudas daquele porco com as unhas. Ele fungou mais forte. Suava, destilava banha. Empurrei a mulher. Abri o cu dele com força e meti. Ele pulou e gemeu alto. A puta foi chupar o pau dele.

– Que é que você quer de mim, Garcia? Hein? – falei, perto do ouvido dele.

Ele revirava os olhinhos, veado. Dei três vai-e-vem, e tirei meu pau fora. Repeti:

– O que você quer?

Ele endireitou o corpo. Voz de macho:

– Saber onde está o bando. – Pausa. Ergueu o corpo, estendeu uma mão, pegou no meu pau, encostou de leve na bunda dele. – Achar o Gurka...

– Põe esse anúncio no jornal.
– Tão fácil?
– O bom segredo é igual ovo de Colombo. – Passei o papel pra ele. Leu e deu risada. O endereço que eu dava era o que ele mandou. A gente já tinha checado: longe pra cacete de tudo, bom pros amigos dele ajeitarem as ferramentas.
– Então eu vou até a cidade. As meninas cuidam de você enquanto isso.
Uma das putas me trocava os curativos. O médico-fazedor-de-anjinho ficou bobo de ver como eu melhorava.
– E tem mais uma coisa. – Dei risada. – Esse encontro precisa de comemoração.
Mandei ele comprar uma roupa legal. Não ia encontrar os caras vestindo calça de tergal, porra. O Widow. Era capaz de gozar só de imaginar a cara do Widow. Filho-da-puta, queria muito olhar a cara dele, curtir o Widow só pra mim, inteirinho, fazer barba e bigode nele. E os outros. Ninguém foi ajudar, que porra de bando era esse? Eles nem imaginam o que é provocar o Gurka. O meu ódio ardendo mais que o curativo dos tornozelos.

O endereço era de um terreno baldio. Marquei uma data mais distante, ficar mais forte. Um morrinho de lixo me escondia. Barulho de motos. Cuspi o cigarro.

– Pessoaaaaaaaal! Paraaaaar! – a voz do Erik.

Melhor ele que o Widow no comando. Tentação de ver os caras. Levantei devagar: Erik, Ulik, Ivo, Grieg, Bern, Derek, Hobart, Killer e, finalmente, o Widow. Esses dois eram os que importavam mesmo.

Tudo arrumado. Contar os segundos. O calor do verão e do lixo atraía um monte de mosquitos. O sol baixava, uma luz vermelhona nas minhas costas. Manja duelo de bangue-bangue, pôr-do-sol? É isso aí. Eu enxergava bem os carinhas. Eles só iam ver uma silhueta, pois o sol atrapalhava a vista.

Cuspi uns mosquitinhos. Eles falavam alto. Olhei no relógio.

Levantei. Mãos nos bolsos.

– Olha lá, pessoal! Mas é o...

Cara feliz do Erik, mesmo já sabendo de mim. Era surpresa para os outros: Hobart, Wolf, Derek – dando risada. Meus calcanhares lascando de dor dentro das botas. Mas precisava vir bonito. Fui devagar, descendo o morro de lixo, a uns duzentos metros dos caras. O fedor quente nas solas das botas se misturando com a dor das queimaduras.

Finquei o olho no Widow. Boca aberta. Fui chegando. O pessoal começou a subir o morro, correndo pra mim. Eu só olhava a cara daquele merda.

Ele gaguejou, tremeu. Sabia que não ia me esperar: correu pra moto dele. Vai fugir, filho-da-puta? Vai? Tirei a arma do bolso, fiz mira: póu! Acertei na perna esquerda. Ele berrou, de repente a perna passou a pesar cem quilos. Ainda de pé. Tentava arrastar a perna fodida e chegar até a moto.

E começou. De cada lado um amigo do Garcia. Eu continuei devagarinho, descendo o morro. Quatro metralhadoras pipocando nos gurkas. Precisão do caralho, material do exército: só acertavam quem queriam. Fiz mira de novo: a outra perna. Póu! Widow afocinhou no lixo. As mãos dele nadando na areia. Cheguei no fim do morro.

A cabeça do Grieg quase pulou fora – os tiros pegaram bem no pescoço. O Ivo tentou pegar o revolvinho dele, foi flechado pelas quatro metralhadoras. Uma bala perdida fez ziiiiiiiim na minha orelha. O sangue começou a latejar mais forte, passo a passo mais perto do Widow, nadando na areia; se gritava, eu não ouvia.

Agora ouvia o choro do Hofer, atrás da moto. E o do Widow.

Uivava que nem cachorro. Cheguei até ele. O jeans ensopado, mancha de sangue e de terra na altura das coxas.

– De veado, a gente primeiro come o cu. – Encostei o cano da arma na bunda do Widow. Não via a cara dele, só a boca: baba e língua lambendo o chão. Atirei: póu! –, a bunda dele levantou uns dois centímetros do chão. Da garganta saiu um barulho raspado. E encostei o berro na cabeça dele: pena, não dava pra matar tão aos pouquinhos.

Um tiro à queima-roupa arrebentou a parte de cima da cabeça. Fez um buraco que ia da testa até abaixo do olho. Uma mancha vermelha, o sangue voou pra todo lado. Enchi a boca de saliva, cuspi em cima dos cabelos dele.

– Gurka, Gurka... – Hofer tremendo. Veio tropeçando pra cima de mim. Os amigos do Garcia desciam o morro. Hofer com ânsia de vômito. Me agarrou o braço com força. Sentia a pulsação da veia dele através da blusa. Sorri.

– Eu não sou o Gurka, Leonardo. O Gurka é esse aí. – As moscas pousavam no que antes era a cabeça do Widow.

— Foi uma troca violenta de tiros. O bando reagiu e não tivemos outra saída senão responder ao fogo.
— Alberto, conta como você se machucou tanto.
— Eu tentei abandonar o grupo. Eles se vingaram de mim por causa disso. — Olhei pro Garcia, ele piscou o olho pra mim. Ele não era a estrela maior da festa; mas sim o delegado amigo dele e eu. Mas o Garcia agia como a vedete maior. Dente de ouro deve ser o maior barato na televisão.

Assim de jornalista. Delegacia de roça, nem cabia tanta gente. Eu vim sem barba, cabelo aparado. Cara de bom menino e olho azul. Mamãe devia estar chorando entre a novela das sete e das oito. Nunca me viu tão bonito.

Camiseta de alça e sem sutiã. Empurrou os caras da televisão e me enfiou o microfone na cara. Quase senta no meu colo pra fazer pergunta:
— Alberto, pode me dizer se o seu grupo se identificava com o movimento neonazista europeu?

Falava *éuropeu* e roía unha. Cacete. E eu lá sou idiota pra ser *éuropeu*? Eu sou é brasileiro, porra! Neonazista? Um bando de veadinho metido a desfilar de violento. Ia mandar a mina se foder. Fervi. Mas o Garcia era um paizão — mão no meu ombro. Respondia a outro jornalista:
— Graças a ajuda do Alberto nós conseguimos pegar o Gurka.

Tá legal, você ganhou. Suspirei fundo:
— Não tinha nada de político. — A putinha me ouvia, balançando as tetas junto com a cabeça. — Eu, o... O Gurka sempre fez as coisas pela cabeça dele. Era mais um viking, um

bárbaro, saca? A gente usava tatuagem, barba, cabelo comprido. Era a violência...
Ela ainda me interrompia:
– Você nunca teve remorsos, Alberto?
Tenho. De não meter uma bala no teu cu. Outro aperto nos ombros. Papai Garcia merece o Reino dos Céus.
– O Gurka era um puta chefe, desculpe, um chefe muito forte, influenciava todo mundo, sacou? E quando eu vi que o Gurka... – porra, eu não ia falar que eu "passei dos limites". Não fiz nem a metade do que eu queria. A puta insistia, microfone no nariz. Devia morder aquela bosta.
– Passou dos limites – ela ajudou. Garcia-pai-de-todos entrou de vez na conversa.
– O Alberto procurou logo pela gente, foi formidável. Percebeu que o Gurka era um monstro. A gente lamenta pelos outros jovens, tão influenciados por ele. – Chegou até a suspirar. Não revirava os olhinhos porque ali o gordo era machão. E continuou aquela porrada de besteira: família, moral, até psicanálise. Ele tava louco pra tirar a sua casquinha de glória.
Flashes. Puta luz na cara, câmera de televisão. Eu fazia cara séria. Abaixava os olhos. Queria cagar de tanto rir. Bando de idiota. Meus pés descalços, a queimadura exposta – puta prova da violência dos ex-colegas –, torturarem assim seu próprio amigo. Que coisa é a humanidade, hein? Na minha orelha: "O pai do Leonardo taí. Já enfiou o filho numa clínica. Agora quer conhecer você."
– Alberto? – Cabelo branco e bigode. Me estendeu a mão.
– Muito prazer em conhecer você.
Olhei pra cara dele e pra mão estendida. Estendi a minha. Duzentos flashes pipocaram tirando a nossa foto.

Eu sei que vou ficar gordo. Sei que vou ficar rico. O Hofer virou Leonardo para sempre. O pai dele acha que eu "tenho futuro". Eu sou o futuro. Meu olho não fodeu: era só porrada. Já enxergo legal. Nos dentes, eu transo uma prótese. Tenho até convite pra ser gerente, *States* ou coisa assim. No Garcia já dei um cheque gordo e um chega-pra-lá. Testemunha? Quem é que tem certeza, com treze mortos pra escolher? O Gurka era um loiro alto e barbudo. Só isso. Tenho cabelo castanho e não uso barba. Sou legal. Falo "com licença" e dou a vez pra mulher entrar na frente. A vida tá boa. A vida que eu queria. Até carro zero eu ganhei de presente.

Mas dá saudades do Gurka. Ainda acordo de noite achando que eu tô no mato. Tenho sonhos e vejo a bunda do Widow subindo e estourando no tiro. Um barato. Matei o Gurka a porrada. *Esse* Gurka. Tem jeito muito melhor de agir. Se tem. É o mundo que eu queria. Às vezes vou pra janela. Silêncio de madrugada. E grito:

– GURKAAAAAAAAAAAAAAA! Estou vivo para sempre!

Éuropeu é o caralho! Eu sou é brasileiro!

Este livro foi composto pela MG Textos Editoriais Ltda.
Av. Venezuela, nº 131/813
e impresso na Editora JPA Ltda. Av. Brasil, 10.600 - Rio de Janeiro - RJ
em setembro de 2002 para a Editora Rocco Ltda.